COUNTDOWN ZUM ONLINE DATING

ERFAHRUNGSBERICHT EINER LEIDGEPRÜFTEN FRAU

WIE ER MICH AM SCHNELLSTEN NICHT KRIEGT

VON

TINDA LAVOH

Umschlaggestaltung: © Casandra Kramer – www.casandrakrammer.de , © Giulia Campobello, Francesca Ingrassia from Greenfig Studio
Korrektorat/Lektorat: Daniela Jungmeyer
Comic Artist: © Drawings: Giulia Campobello, © Colorist: Francesca Ingrassia from Greenfig Studio

ISBN: 978-3-347-35616-0 (Paperback)
ISBN: 978-3-347-35617-7 (Hardcover)

Verlag & Druck: tredition GmbH, Halenreie 40-44, 22359 Hamburg

Dieser Roman enthält Passagen, die für Jugendliche unter 16 Jahren nicht geeignet sind.

Alle Personen, Namen und Anlehnungen an Firmen innerhalb dieses Romans sind an die Realität zwar angelehnt, aber nicht direkt angesprochen. Ähnlichkeiten mit lebenden Personen sind zufällig und nicht beabsichtigt.

Vorwort

Galgenhumor ... Genau das war es, was mich dazu bewogen hat, dieses Buch zu schreiben. Es ergeht an alle Ladys da draußen, die meinen Schmerz, mein Fremdschämen für die Gesellschaft, den Muskelkater vom Lachen, aber leider auch die Tränen des Ärgers nachvollziehen können. Ja, dieses Buch ist für euch und für all jene, die gewisses Fehlverhalten im heutigen Onlinedating besser verstehen und sich gegen drohende Fallen wappnen wollen.

Vorweg muss ich sagen: Es gibt ihn! Den einen, aber nicht den perfekten oder richtigen Mann, sondern jenen, der denselben Knall hat wie man selbst, man sich daher unverschämt gut ergänzt und das Talent des Verrücktseins gemeinsam noch perfektionieren kann. Also an die drei Prozent der Männer da draußen, die es wagen, diese Zeilen zu lesen – und ganz klar, weiter traut ihr oder bemüht ihr euch nicht, denn es könnte anstrengend werden :p – ihr seid großartig und für euch lohnt es sich, den Dating-Wahnsinn im Internet durchzuhalten.

Zu den Inhalten: Gleich zu Beginn: Ja, viele Themen triefen vor Sarkasmus, Zynismus und Übertriebenheit. Ja, das ist bewusst so gewählt und dient auf keinen Fall dazu, Personen, Einstellungen, Tatsachen etc. in ein respektloses Licht zu rücken, beleidigend zu werden oder zu verletzen. Dies ist keineswegs meine Intention. All jene, die dennoch einen schwachen Magen haben, sensibel sind oder sich persönlich angegriffen fühlen könnten: Bitte lest ab hier lieber nicht weiter. Es wäre schade, es dann in einer schlechten Bewertung enden zu lassen, denn das Werk ist mit einem lachenden und einem weinenden Auge zu betrachten und nicht alles ist so ernst zu nehmen. Es werden bewusst Klischees breitgetreten, Dinge überzeichnet betrachtet, um mehr Humor darin zu verstreuen, daher kann und werde ich mich nicht dafür entschuldigen. In diesen Beispielen werden keine Personen direkt angegriffen oder namentlich genannt. Sollte sich allerdings jemand dennoch angesprochen fühlen oder sich wiedererkennen: Du bist es NICHT ;).

Zu meiner Wenigkeit: Ich bin eine klassische „Zu-Frau", nämlich zu direkt, zu intelligent, zu anstrengend, zu frech, zu quirlig, zu attraktiv, zu stur, zu temperamentvoll, zu ehrlich, zu abenteuerlustig, zu anspruchsvoll, zu erfolgreich, zu wählerisch, zu sportlich, zu stark, zu durchgeknallt ... also eine absolut unmögliche Mischung, die „Mann" einfach nicht sucht und noch weniger braucht. Schon gar nicht als strikte Nichtraucherin im Naturmaß von 1,78m. Als Emoji würde ich nun die zuckenden Schultern und das Smiley mit der Sonnenbrille wählen. Vielleicht gibt es ja Schwestern im Geiste, die das hier lesen und genau verstehen, was ich meine. Also an alle Frauen, die mit einfachen Strickmustern im Leben und pragmatischem Geplänkel nicht lange Vergnügen finden, denn dieses Buch wird euch amüsieren. Aber seid gewarnt, es sind bittere Erfahrungswerte enthalten. Ihr müsst also stark sein, wenn ihr mich dabei begleitet, wie ich über Monate dem großen „T"-,

„L"-, „B"-, „FB D"- und „P"- Phänomen beigewohnt habe und Dinge erleben musste, nach denen ich nie gefragt habe. Ich darf euch versichern, diesen Pfad des Leidens gab es sowohl in den kostenfreien Dating-Varianten als auch in den teuren, als exklusiv und hochwertig verkauften, Plattformen. Und damit die wenigen Männer, die noch hiergeblieben sind (nicht) mit den Augen rollen – natürlich leidet ihr ebenso und habt es mit der heutigen Frauenwelt nicht unbedingt leicht. Jede Medaille hat eine Kehrseite und der gesellschaftliche Verfall im Hinblick auf Onlinedating hat euch ebenfalls erreicht und fest im Griff, aber ... Als ich zuletzt auf den Klappentext gespäht habe, stand da noch „aus Sicht einer Frau" drauf.

Und was habt ihr davon, liebe Ladys? Neben all dem Sarkasmus und bitteren Humor werdet ihr auch tolle Tipps für euch rauspicken können. Zum Beispiel, wie ihr Fakes erkennt, die richtigen Fragen stellt, um dem anderen auf die Schliche zu kommen, herauszufinden, worauf er tatsächlich aus ist, wie ihr eure Grenzen auslotet, die Privatsphäre schützt und euch weniger auf der Nase rumtanzen lasst. Es sind also viele Beispiele und Geschichten aus dem wahren Leben enthalten und ich möchte all die Weisheiten und Dummheiten daraus anstandslos mit euch teilen.

Ladys, vergesst bitte nie euren Wert. Keine eurer Erwartungen ist zu hoch, bleibt euch selbst treu und lasst euch niemals verunsichern auf eurem Weg. Ihr seid perfekt, so wie ihr seid. Fühlt euch gedrückt.
Eure Tinda Lavoh ;)

Inhaltsverzeichnis

1 | WAS SUCHST DU HIER?

Vorweg: Das ist eine der gefährlichsten Fragen überhaupt. Wenn ein Mann dir – vor allem relativ zu Beginn eures Chat-Verlaufes – diese spezielle Frage stellt, sollten bei dir alle Alarmglocken anschlagen, aber darüber später mehr. In diesem Kapitel wollen wir uns eher damit beschäftigen, was du – ja DU – tatsächlich suchst. Dementsprechend solltest du nämlich dein Profil in der Dating-App beziehungsweise -Plattform ausrichten und dich beim Schreiben auch nach einem gewissen Leitfaden bewegen. Geht es dir um etwas Spaß? Ein paar heiße Sixpacks für zwischendurch, Gesellschaft für einsame Stunden, also etwas Unkompliziertes? Oder steht von deiner Seite aus vielmehr der Austausch von Fantasien oder erotischen Gesprächen, egal ob schriftlicher Natur, via Videocall oder am Telefon im Vordergrund? Immerhin macht die aktuelle Covidlage (sofern dich diese in dem Moment, wo du das liest, noch juckt) erfinderisch und manchmal ist Sextexting und cheaky, flirty Talk schon das Höchste der Gefühle, das man sich leisten kann. Oder aber könnte es sein, dass du deinem Singleleben einfach mal ein Ende setzen willst, um den Nächten wieder eng umschlungen und mit breitem Grinsen entgegen-zusehen und ein regelmäßiges Sexualleben mit nur einem Partner anzustreben? Sei ganz ehrlich zu dir selbst! Wie lange ist die letzte Partnerschaft her? Bist du schon offen/bereit dafür? Willst du deine Freiheit/Unabhängigkeit beziehungsweise Einsamkeit/Tristesse wirklich eintauschen? (Nicht, dass es dies nicht auch

IN einer Beziehung geben könnte ...) Sorry, aber das ist immer Ansichtssache und ich für meinen Teil gebe offen zu: Ich bin absolut singleuntaugliches Material und funktioniere mehr in diesem Zustand, als dass ich ihn zu einhundert Prozent genießen könnte. So viel dazu, damit ihr wisst, woher gewisse vorgefertigte Meinungen herrühren. Wobei ich keine oben aufgezählte Variante verurteile. Sie haben alle ihre Berechtigung und sind für mich nachvollziehbar.

Aber zurück zur Frage: Was suchst du hier? Wenn du nur auf Spaß aus bist, solltest du in den Grundeinstellungen der Dating-App betonen, dass es etwas Lockeres sein soll und es wäre auch empfehlenswert in deinem Profiltext wäre empfehlenswert herauslesen zu können, dass du noch keinen (neuen) Kinderwagen schieben willst. Die Fotos dürfen dafür freizügiger sein, allerdings nicht vulgär, wobei du dennoch damit rechnen musst, dass du regelmäßig mit Dickpics beworfen wirst. Das wird dir nicht erspart bleiben, so wie auch den Ladys nicht, die etwas Seriöses suchen. Früher waren es Rosen, jetzt sind es ... na ja, lassen wir das. So viele „glatzerte Exoten" wie ich erhalten habe, da könnte ich wirklich schon mit der Idee liebäugeln, einen sarkastischen Bildband rauszubringen. Aber mal sehen, wie ihr dieses Werk in euren Händen findet, dann verwöhne beziehungsweise verderbe ich auch gerne eure Augen damit. Was jetzt nicht ist, kann ja noch werden.

Gehörst du allerdings zu jener Fraktion, die keine realen Treffen anstrebt, sondern lieber die Finger oder Worte zum Einsatz bringen will, dann reicht eigentlich ein singuläres Foto. Ob du dafür auf der Dating-App verifiziert bist oder das Bild womöglich nicht ganz so real ist, wird einen Mann, der auf dasselbe wie du aus ist, nicht sonderlich interessieren. Glaube mir, da gibt es viele.

Für all jene, die beim Wort „verifiziert" hängen geblieben sind: Hierbei handelt es sich um eine elektronische Überprüfung, um festzustellen, ob du tatsächlich die Person auf dem Profilfoto bist. Dafür musst du den Vorgaben des Betreibers für eine Verifizierung Folge leisten und ein aktuelles Selfie mit einem vorgegebenen Code direkt erstellen. Dieses Foto wird anschließend überprüft, mit deinem hochgeladenen verglichen, und sofern du nicht zu oft den Photoshop-Pinsel gezückt hast, erhältst du im Anschluss ein blaues Häkchen neben deinem Profil. Mehr Infos zu diesem sehr wichtigen Faktum bekommt ihr noch im Laufe des Buches.

Zuletzt für die Romantikerinnen unter euch, nämlich jenen, die durch die täglichen Routinen und das aussterbende Sozialleben kaum noch auf neue Leute stoßen und Onlinedating als letzte Chance sehen, um nicht mit zwanzig Katzen und drei Hunden mit Ende achtzig Selbstgespräche führen zu müssen. Es sei euch gesagt: Keine Sorge, das sind nur eure schrecklichsten Fantasien und Ängste, die euch begleiten, denn in Wahrheit nerven euch eure besten Freundinnen dann immer noch regelmäßig.

Zurück zum Thema. Ihr müsst mit allen Mitteln versuchen, im Profiltext gleich Nägel mit Köpfen zu machen. Ihr wählt in den Einstellungen etwas Ernstes aus oder eventuell „Schauen, was passiert", denn seien wir mal ehrlich, man springt nicht vom Singledasein in eine Beziehung wie bei einem Brettspiel. So etwas gehört penibel geprüft, muss sich entwickeln und zudem muss erst überlegt werden, ob man mit allen Marotten des Gegenübers leben kann und will. Daher ist Freundschaft plus zum Einstieg in Ordnung ... Moment, rollst du gerade mit den Augen? Ja, ja, ich weiß, aber man muss den Männern auch einmal klarmachen, dass eine Freundschaft plus nicht bedeutet, sich alle vierzehn Tage freitags um 18:00 Uhr mit „Was geht?" zu melden und sich dann ein „Ausziehen-Sex-Anziehen-Gehen" zu erhoffen. An alle Männer: zu eurem Verständnis: DAS ist eine Sexbeziehung oder Affäre, KEINE Freundschaft plus. Freundschaft plus bedeutet einen regelmäßigen, ehrlichen und respektvollen Umgang, gemeinsame Aktivitäten neben dem horizontalen Mambo, also Ausflüge, Kino, Sport, Ausgehen, zusammen kochen, essen, Filmabende etc. und dabei aber Drama, Erwartungen und Besitzansprüche auszuklammern. Dass dieses Konstrukt sehr fragil ist und nach wenigen Monaten entweder kippt, weil die Luft raus ist oder einer der beiden Gefühle entwickelt, ist ein anderes Thema. Mitunter wird letztendlich auch etwas Festes daraus. Allerdings versucht die liebe Männerwelt den Modus Freundschaft plus gezielt regelmäßig falsch zu deuten, und es muss daher leider unsere Erziehungsmaßnahme sein, sie eines Besseren zu belehren. Andernfalls wird es zur Beziehung minus. Ihr wisst, was ich meine.

Da wäre auch noch die Möglichkeit, sich durch Beantwortung von vorgefertigten Fragen der Dating-App besser zu beschreiben. Diese Option ist eine gute Chance, das richtige „Objekt" deiner Begierde auf dich aufmerksam zu machen und potenzielle Gemeinsamkeiten anzupreisen. Ich kann dies dann empfehlen, wenn ihr auf niveauvolle Gespräche und eine längere Beziehung aus seid. So gebt ihr nämlich einer gewissen Randgruppe die Möglichkeit, Bezug auf eure Interessen oder Statements zu nehmen. Jemand, der auf schnelles Vergnügen aus ist, bleibt meist nur an den Fotos hängen und wird den Chat bestimmt nicht auf deren Basis starten.

Was ich euch allen mit auf den Weg geben möchte: Bitte seht euch euren Profiltext an. Widersprüche wie „Ist denn hier keiner mehr für die alten Werte zu haben? Also eine ernste, seriöse Beziehung bis ins hohe Alter?" und gleichzeitig ein freizügiges Foto mit verruchtem Gesichtsausdruck zu posten, wäre etwas ungeschickt. Ich meine ja nur ;). Checkt den Text im Hinblick auf Tipp- oder Rechtschreibfehler, da das eher peinlich ist. Wer im Glashaus sitzt, sollte bekanntlich nicht mit Steinen werfen, also postet Fotos, auf denen man euch vom Profil her lächelnd sieht, ein Ganzkörperfoto, vielleicht eines beim Sport oder bei einem eurer Hobbys. Es wäre von Vorteil, wenn ein bis zwei Bilder dabei wären, die natürlich wirken. Was Coolness betrifft: Lasst Fotos, auf denen ihr immer wieder Sonnenbrillen tragt oder lässig an einem Bier beziehungsweise einer Zigarette zieht, bitte aus. So etwas lässt euch nicht unbedingt wie den besten Fang dastehen. Und nur dann könnt ihr von eurem Gegenüber erwarten, es euch gleichzutun. Also denkt darüber nach.

Womöglich willst du nun ein Praxisbeispiel von mir lesen. Mit den Wochen habe ich meinen Profiltext nach und nach erweitert, in der Hoffnung, viele unerwünschte Kandidaten würden mir gleich von Beginn an erspart bleiben. Wie oft das tatsächlich funktioniert hat, werde ich nur mit rollenden Augen kommentieren.

Ich war so frech und unverschämt, dem Leser in meinem Profiltext meine Größe, den Nichtraucherstatus und meine Ernährungslinie via Emojis näherzubringen und dann aufzulisten, was sie bei mir eindeutig vergessen können und wer nicht erwünscht ist. Nämlich ONS (One-Night-Stands), Sextexting, Fernbeziehungen, Bildchenjäger, Dickpicsender, Trophäenjäger, Fakes und Männer, die der deutschen Sprache nicht mächtig sind. Und für all jene, die jetzt aufschreien, wie diskriminierend und migrationsfeindlich das ist: Ich stamme selbst aus einem kulturellen Mix, meine Eltern konnten sich die ersten Monate über nur mit Händen und Füßen verständigen – Hey! Spar dir das freche Grinsen, so war es nicht gemeint! – und ja, ich habe die Erfahrung gemacht, dass sprachliche Barrieren zu vielen Missverständnissen und unnötigen Diskussionen führen. Ich habe daher für mich beschlossen – ich gebe es schonungslos offen zu –, dass mir das zu mühsam und anstrengend ist. Und Punkt.

Meine Fotos? Hier war ich bemüht, einerseits ein wenig von meinen Leidenschaften preiszugeben, mitunter casual gekleidet und andererseits auch sexy zu sein, um Männer bewusst aufs Glatteis zu führen. Ein wirklich interessierter Mann stellt sicher Fragen zu meinen Urlaubs- oder Sportfotos sowie den Texten zu meiner Person.

Ach ja, ich schulde dir ja noch eine Erklärung zu dem gefährlichen Satz, der so fett und breit über diesem Kapitel steht:

Was. Suchst. Du. Hier?

Ich kann nur aus meiner Erfahrung sprechen, aber immer wenn diese Frage gleich zu Beginn kam, hatte besagter Mann es wirklich eilig und wollte auf keinen Fall wertvolle Sekunden im Chat mit einer Frau verplempern, während eine andere womöglich noch heute Nacht auf seine Avancen eingehen könnte. Denn so wie für uns Frauen ist es nämlich auch für Männer mega anstrengend, jeden neuen Chat mit „Hey, wie läuft dein Tag? Was machst du beruflich? Was sind deine Hobbys? Wo wohnst du? Wie lange bist du schon Single? etc." zu beginnen. Es dauert eine Weile, bis man endlich merkt, ob man harmoniert, ob man sich gegenseitig interessant findet – wird das bereits zum Flirtmodus? Ab diesem Moment empfindet man nämlich Sympathie für den anderen, man freut sich bereits über die nächste Nachricht und die Kommunikation ist nicht mehr aufgesetzt, mühsam und gekünstelt. Der Chat läuft quasi von allein und die unreifen Gedanken wie „Wer hat zuletzt geschrieben?" und „Wann, nach wie vielen Minuten, darf ich oder soll ich antworten?" kommen beiden nicht mehr in den Sinn. Ein Mann, der dieses stundenlange Einstiegs-Geschreibe einfach nicht bei zehn Frauen parallel schafft, kommt sofort zu der einen, alles entscheidenden Frage:

Trommelwirbel!

Ist sie offen dafür, mit mir ins Bett zu steigen? Ja oder nein?

Denn nur darauf läuft es für diesen Typ Mann hinaus. Wenn du also auf seine Frage „Was suchst du hier?" schreibst: „Ich bin auf eine langfristige Beziehung aus", kommt auf mysteriöse Weise keine Rückmeldung mehr oder er ändert seine Taktik und versucht zumindest noch, dir ein paar heiße Fotos abspenstig zu machen, damit es sich für ihn gelohnt hat. Oder womöglich will er dir ein sofort stattfindendes Date schmackhaft machen, denn manchen Männern ist durchaus bewusst, wenn sie sich bei einem realen Treffen hartnäckig, charmant und geschickt anstellen, dann läuft vielleicht doch etwas. Also wundert euch nicht. Ich habe in all den Monaten keinen einzigen Chatpartner im Onlinedating gehabt, der mir länger als zwei Tage geschrieben hat, wenn er diese bewusste Frage rausgehauen hat und weder Bildchen noch ein reales Treffen checken konnte. Ich wurde anschließend geghostet oder blockiert. Aber das, meine Lieben, ist eine andere Geschichte und soll in einem anderen Kapitel erzählt werden.

2 | WISCH-UND-WEG-GESELLSCHAFT

Onlinedating ist ein hartes Pflaster geworden. Von ein paar Dingen müsst ihr euch eindeutig verabschieden: Privatsphäre, Taktgefühl, Empathie, Fingerspitzengefühl, Anstand und gute Erziehung. Denn diese Eigenschaften sind vom Aussterben bedroht, und solltet ihr in eurem Jagdrevier diese seltenen, kostbaren Raritäten an einem Mann entdecken, bitte geht behutsam mit ihm um. Rein theoretisch könnte es sein, dass jene Männer, die uns heute zur Weißglut bringen, auch einmal ungeschliffene Diamanten waren, denen auf Datingplattformen und in Beziehungen zu oft auf den Kopf geschlagen wurde. Frauen, die sich von Männern Sicherheit und Luxus erhoffen, das schnelle Geld bei verzweifelten und einsamen Annäherungsversuchen wittern oder professioneller Natur die Angel auf diesen Apps auswerfen, gehören zu den Red Flags, auf die unser Gegenstück achten muss. Warum sollte es den Herren der Schöpfung anders ergehen als uns?

Ein weiteres trauriges Phänomen stellen die Konzentrationsschwäche, die Reizüberflutung und die unendliche Auswahl dar. Wieso sollte man sich an einer Stelle abmühen, wenn das Gute so vielseitig und leicht zu haben ist? Manchmal gewinnt man als Frau den Eindruck, die Datingplattformen sind in Wahrheit ein Gratiskatalog für Sexspielzeug. Nur mit dem merkwürdigen Nebeneffekt, dass manche Spielzeuge sich zur Wehr setzen und das Begrapschen und Benutzen vor der Kaufentscheidung nicht gerne sehen. Leider muss ich hier ergänzen, dass dieses Verhalten aber mitunter auch den Frauen geschuldet ist, denn ich habe von vielen Männern von dem Phänomen gehört, dass vereinsamte Ladys rasch nackte Tatsachen übermitteln, sich während Live-Chats entblößen und aus ihrer Einsamkeit keinen Hehl machen. Wer billiges Essen gewöhnt ist, wird kein Geld für ein 7-Gänge-Menü verschwenden.

Ja, die Wahrheit ist, wir sind in einer Wisch-und-Weg-Gesellschaft gelandet. Aber was bedeutet das für dich nun genau? Fürs Erste: Das ursprüngliche Jagdschema, dass man jemanden heimlich an der Cocktailbar mustert, die Größe, die Gestik, die Mimik, jedes kleinste Schmunzeln studiert, um zu entscheiden, ob man dieses Gesicht jeden Morgen ertragen könnte, ist Geschichte. Ihm dann hin und wieder ein Lächeln zuzuwerfen, um den Mann der Begierde wissen zu lassen, dass die Beute bereits müde vom Warten ist, ebenso. Wie war das damals? Genau, irgendwann kam der Jäger dann daher, baute sich mit geschwollener Brust, verschmitztem Lächeln und unverschämt gutem Geruch vor einem auf und ein Duell der Blicke wurde ausgefochten. Wessen Knie wurden als Erstes weich? Dann folgten harmlose Gespräche, im Zuge derer die Frau übertrieben viel lachte, sich häufig die Lippen benetzte, unschuldig mit den Wimpern klimperte und das Haar beiläufig hinters Ohr strich. Und das Gegenüber? Es versuchte, Coolness noch mit Sexappeal zu toppen, spannte den Bizeps an, verringerte kaum merkbar den Abstand zum holden Weib und lud sie höflich auf ein Getränk ein. Fragen wie „Auf was stehst du so beim Sex?", „Wann hattest du das letzte Mal Sex?" etc. wären während diesem Gespräch mit Sicherheit nicht von der Zunge gerutscht. Diesen Mumm hätte kein Mann der Welt aufgebracht und die schallende Ohrschelle danach brauchen wir nicht zu erwähnen. Aber nun, Ladys und Gentlemen, genau das ist heute absolut normal!

Die Welt steht Kopf: Was wir sehen, ist nicht real, denn ein Großteil der Bilder ist entweder ein sexy Foto eines relativ erfolglosen Models aus Dr. Googles Hosentasche, ein sehr geschickt geknipstes Pic, am besten mit Sonnenbrille, damit man(n) die Gesichtszüge verfälschen kann oder die Krönung an Frechheit und Brillanz: Die Bildergalerie ist drei bis fünf Jahre alt. Ja, meine Damen, Männer können es auch. Was wir nach jahrelanger Übung hinsichtlich Posing, Gesichtskleister, Handyfiltern, Belichtung und Baucheinziehen mit aktuellen Fotos kreieren, meistert unser Gegenstück mit beinhartem „Was sind schon drei Jahre?" oder „Denkst du tatsächlich, ich bin ein Fake?". Übrigens, wie ihr Letzteres geschickt und relativ rasch ausmerzen könnt, findet ihr in einem späteren Kapitel dieses kleinen Ratgebers.

Aber auch was wir lesen, ist nicht real: „Etwas Ernstes" als Suchstatus wird in der Einstellung angegeben, und im Profiltext steht dann besonders galant: „Meiner ist 19,4cm" oder „Frauen mit großen Titten bevorzugt". Weiteres Beispiel: Im Profil prangt Nichtraucher und auf zwei von drei Fotos strahlt der Mann mit Zigarette im Mund, Bier in der Hand und einer Strubbelfrisur samt Textur, die selbst ein Frisör nur mit zwei Paar Handschuhen übereinander anfassen würde. Das Menü ist eröffnet. Besonders aufpassen muss man beim Status „Es ist kompliziert, vergeben oder in einer offenen Beziehung". Also wirklich, meine Damen, wenn die treuen Seelen unter euch ausgerechnet bei diesen Profilen ihren zukünftigen Exmann wittern, muss ich euch enttäuschen, sogar ihr seid nicht so brillant.

Doch vor allem: Was wir vermittelt bekommen, ist nicht real: Wir Menschen haben fünf Sinne: Sehen, Hören, Riechen, Schmecken, Fühlen. Im Onlinedating können wir vorerst nur auf unsere Augen und unseren Instinkt vertrauen. In der Cocktailbar hat man bereits mehrere Faktoren abgecheckt, die wir bewusst anziehend finden, was auf Fotos und bei Profiltexten nicht der Fall ist. Alles mag erstunken und erlogen sein. Nichts kann wirklich überprüft werden, während ein nervöses Gesicht Red Flags auslöst und 1,88 m in Wahrheit auch tatsächlich 1,88 m sind und keine 1,75 m, meine Herren. Und nein, ein absolutes Nein. Die Dame eurer Wahl, vor der ihr eine Woche lang brühwarm behauptet habt, sie könne beim Tanzen getrost ihren Kopf auf eure Brust legen, wird beim ersten Treffen nach dem Chat nicht beide Augen zudrücken und euch vom Fleck weg heiraten. Auch nicht weil ihr so eine tolle Partie seid, wenn ihr in Wahrheit dann eure Schläfe auf ihren Busen platzieren könnt. Nie und nimmer! Schlagt euch das endlich aus dem Kopf!

Aber was bedeutet Wisch-und-Weg noch? Ja, dass auch ihr euch ein dickes Fell zulegen müsst. Links über das Foto eines Kandidaten in der App-Auswahl zu wischen, bedeutet Ja und rechts Nein. Es gibt kein Vielleicht und Überspringen ist ebenfalls nicht drinnen. Erwähnenswert sind auch die direkten Kontaktversuche via Chatanfragen oder sogenannte Icebreaker. Wenn ihr also solch eine Nachricht (für die der Mann wohlgemerkt meistens vorab in die Tasche greifen musste) erhaltet und euch weder das Profil noch die Fotos ansprechen, schlage ich vor: Egal wie süß, extravagant oder zuvorkommend der Eisbrecher formuliert wurde, es bringt nichts, dem Verfasser unnötige Hoffnung zu schenken und zu antworten. In der Cocktailbar würdet ihr womöglich auch nicht mit jedem ein Glas Wein trinken, der euch einmal kurz ansieht. Es ist oberflächlich – ja –, es ist überheblich – keine Frage. Die meisten würden tatsächlich nach einem Wink, der aufzeigt, dass ihr ebenso interessiert seid, von euch Ausschau halten. Seien wir mal ehrlich, ihr habt dem Versender des Icebreakers vorher keine Einladung ausgesprochen, fühlt euch also bitte nicht schuldig, ihn kommentarlos abzulehnen (Okay, ich gebe es zu, mir passiert es dennoch immer wieder). Aber für alle die, die meinen, was soll schon passieren? Es ist doch nur höflich, zumindest zu antworten, und keiner will als eingebildete Bitch dastehen. Ich habe sehr oft zumindest freundliche Antworten mit einer Ablehnung zurückgeschickt und in den meisten Fällen wittern die Männer dennoch eine Chance, packen ihre besten Überredungskünste aus oder fragen, woran es denn nun eigentlich liegt, dass man es nicht zumindest versuchen möchte. Es folgen ellenlange Rechtfertigungen, Erklärungen etc., nur um weiterhin höflich zu bleiben, aber irgendwann endet es entweder in einer Blockade oder in Verständnis beziehungsweise Vernunft, die viel Zeit in Anspruch genommen hat. Es bleibt also jedem selbst überlassen, wie viel Zeit man in Onlinedating-Apps investieren möchte, wo doch das richtige Leben außerhalb von Handy oder Laptop stattfinden sollte.

Es darf euch andersrum auch nicht verletzen, wenn ihr jemanden liked (Also bei dem Profil oder einem Foto markiert, dass ihr es gut findet), das Schnittchen dann nachweislich auf euer Profil klickt und euch dennoch nicht matched – also zurückliken will –, um euch die Möglichkeit zu geben, ein Gespräch zu starten. Auch eure Icebreaker werden oft unbeantwortet bleiben. Ja, es ist verletzend, ja, es ist frustrierend und ja, irgendwann ist man komplett abgestumpft, und man wird müde von all den Enttäuschungen. Aber bitte lasst euch an diesem Punkt etwas Essenzielles sagen: Jeder, absolut jeder, vielleicht sogar der Nächste oder gar Nummer 102, ist dann endlich ein Mann, für den es sich lohnt, nicht genervt, skeptisch oder misstrauisch den ewig gleichen Antworttext runterzuratschen. Dieser Eine verdient es womöglich, eure warmherzige, flirty und charmante Seite kennenzulernen, weil er dies im Gegenzug auch zurückgibt. Es gibt Männer, die tatsächlich reales Interesse zeigen, Fragen stellen, Aufmerksamkeit schenken und nicht nach drei Tagen Chatflut plötzlich im Nirwana verschwinden. Genau, ihr kennt ihn nächste Woche auch noch und er euch ebenso! Halleluja! Daher hier mein Tipp für die Welt des Onlinedatings: Vergleiche das Verhalten der Jungs immer mit der Cocktailbar. Ist sein Benehmen angebracht, sind die Fragen tatsächlich üblich, hat er deine persönliche Wohlfühlgrenze überschritten? Ist es noch normal, was er da wissen will? Wie lange habt ihr euch geschrieben? Ist es bereits so weit fortgeschritten, sehr private Informationen von euch preiszugeben, um euch verwundbar zu machen? Die Telefonnummer? Eure Wohnadresse? Wo ihr arbeitet?

Der nächste Ratschlag: Versucht so gut wie möglich – trotz des ständigen Wischens – im Auge zu behalten, warum ihr euch das überhaupt antut. Denkt daran, was ihr sucht und bemüht euch, jedem Mann so gut wie möglich mit der gleichen Offenheit entgegenzutreten, ihm dasselbe unbeschriebene Papier in die Hand zu drücken, auf dem er sich künstlerisch verewigen oder es nach wenigen unangebrachten, dummen Fragen für immer vernichten kann.

3 | DIE QUAL DER WAHL

Das Meer an Apps und Plattformen, um Männer kennenzulernen, wirkt schier unendlich. Als ich damals im Onlinestore die Optionen durchgegangen bin und bemüht war, mich an den Erfahrungswerten anderer Klienten zu orientieren, bin ich überhaupt nicht weiterge-kommen. Alle versprachen Spaß oder den Märchenprinzen auf einfachste Weise zu finden. Daher habe ich mich an die großen Namen gehalten und auch in meinem Freundeskreis die Meinungen herausgekitzelt. Zuerst wurde es das große „L", da ich damit meinen letzten Partner gefunden hatte. Ich möchte hier einwerfen, dass ich bewusst die Firmen nicht nenne, weil ich einerseits keine unbezahlte Werbung oder eher „Rufschädigung" betreiben will und andererseits rechtlichen Konsequenzen aus dem Weg gehen möchte. Womöglich führen die Anfangsbuchstaben im deutschsprachigen Bereich dennoch klipp und klar zum einzig möglichen Ergebnis – aber – ich habe es zumindest mit allen Mitteln versucht ;).

Wenig später wagte ich mich auch zum großen „T", „B" vor und weil „FB D" gerade neu startete, gab ich dieser Plattform ebenso eine Chance. Je breiter aufgestellt, desto besser standen meiner Meinung nach die Aussichten auf Erfolg. Dachte ich mir zumindest. Falsch gedacht! Die Männer gehen genauso vor und der Großteil ist auch in allen Dating-Apps vertreten, also überall die gleichen Gesichter oder, wie böse Zungen behaupten würden, derselbe Mist.

Als Frau hatte ich das Privileg, nichts zahlen zu müssen und dennoch den Service ausreichend nutzen zu können. Ich war jeden Tag mit Chats beschäftigt, was etliche Stunden in Anspruch nahm. Da ich vor Jahren auch Erfahrungen mit dem stark beworbenen „P" machte und damals mit über 300 Euro Jahresgebühr die gleichen 23 Männer über ein Jahr lang in meinem Filter und Umkreis vorgeschlagen bekam, war ich allerdings dieses Mal nicht bereit, für diesen Service zu zahlen. Mithilfe eines geschickten Vorwands brachte ich den Kundendienst dazu, ein paar Tage lang kostenfrei erneut einen Blick auf die dortige Männerwelt werfen zu dürfen. Diese sollte sich – rein logisch für mich – hochwertiger und seriöser präsentieren, da sie sich durch den hohen Premiumbeitrag ja eigentlich dazu bekannten, ernsthaft nach einer Partnerin Ausschau zu halten. Mein Resümee? Bitte setzt euch hin und atmet mal kurz in Ruhe durch, denn das Ergebnis ist desillusionierend. Seid tapfer, Mädels, in nur 24 Stunden hatte ich ein Angebot über 300 Euro für Sex; einen Schweizer, der nur für Sex mit mir extra einfliegen wollte; einen 44-jährigen Mann, der auf meinen ehrlichen und höflichen Kommentar hin, dass ich ein Faible für Jüngere hätte, sarkastisch wurde; einen Gesprächspartner, der nach zwei Chatbeiträgen darauf bestand, aufs Telefon umzusteigen, da er nicht bereit war, zu schreiben und mich verbal über sexuelle Vorlieben interviewen wollte; einen Arzt, der mir natürlich die berüchtigte Frage „Was suchst du eigentlich hier?" – Hallo? Ich bin auf einer Partnerbörse! – hinwarf; einen 29-Jährigen, der mich beschimpft hatte, weil ich meinte, Club-Med-Urlaube seien nicht so meins und circa 7

Männer, die mich sofort verabschiedet hatten – ohne einen weiteren Kommentar, was aber auch kein Drama ist. Unterm Strich darf ich also verlautbaren: Männer auf bezahlten Datingplattformen sind sogar dreister und ihr Verhalten ist schockierender als das von jenen auf kostenfreien, überlaufenen Apps. Ich muss ergänzen, auch das große EP mit Zahlservice ist mir nicht fremd, wodurch ich diese Behauptung ohne Wimpernzucken hier von mir geben kann. Zudem gibt es keine Verifizierung! Die Filtermöglichkeiten und persönlichen Auswertungen sind natürlich großartig, aber vor der mangelnden Qualität der Klientel ist man dennoch nicht gefeit.

Ach ja, weil es mich gerade in den Fingern juckt: Ich muss die Story vom 44-Jährigen unbedingt mit euch teilen und ich hoffe, das erzeugt ein Grinsen in eurem Gesicht, so wie es mir ergangen ist. Als ich ihm wirklich charmant und respektvoll offenbart habe, dass ich ein Faible für Jüngere hätte und daher kein Interesse an ihm bestünde, meinte er keck: „Sieht man ja, wohin dich das gebracht hat. Du bist Single. Scheinbar funktioniert es mit Jüngeren nicht und du solltest mal einen richtigen Mann nehmen. Einen wie mich, wenn du dich traust." Daraufhin ist mein kleines Teufelchen auf meine Schulter gesprungen, hat seine Krallen geschärft und zuckersüß zurückgeschrieben: „Betrachten wir das mal genauer. Du bist eindeutig Single und es scheint mit Jüngeren wohl nicht geklappt zu haben, wie wäre es denn, wenn du es jetzt mal mit einer richtigen Frau, nämlich einer 52-Jährigen, versuchst?" Ich war in Rekordzeit blockiert worden, aber mein Tag war gerettet. Warum mit Steinen werfen, während man im Glashaus sitzt?

Ich habe die boshaften Bemerkungen in Bezug auf diesen Faible hin einfach satt und auch nichts dagegen, wenn mich ein Mann ablehnt, weil er eine Jüngere präferiert. Zumindest habe ich solange kein Problem damit, wie ich nicht mehrere Jahre mit dem Mann zusammenlebe und wir uns ein Paar nennen.

Gut, lange Rede, kurzer Sinn, für welche Datingplattform ihr euch letztendlich entscheidet, ist Geschmackssache. Bei manchen seid ihr eingeschränkt und könnt keine Fotos verschicken oder keine bzw. weniger Filter setzen, bei anderen ist eine größere Auswahl vorhanden und ihr könnt auch Videochats starten, um noch besser feststellen zu können, ob sich ein reales Treffen überhaupt lohnt und wie kreativ die Profilfotos waren.

Ich persönlich finde die Filterfunktion sehr wichtig, damit man in Bezug darauf, von welchen Männern man nicht angeschrieben werden möchte, einen Riegel vorschieben kann. Denn wer außerhalb eures Filters liegt, kann euch weder sehen noch Kontakt zu euch aufnehmen. Das Alter, die Größe und vor allem die Entfernung machen (für mich) einen großen Unterschied. Seid ihr nämlich bereit, einen Mann näher kennenzulernen, der über 150 km von euch entfernt lebt? Ja klar, warum sollte man sich gleich zu Beginn den Kopf über etwas zerbrechen, was womöglich ohnehin nur eine kurze Liaison bleiben könnte? Aber was, wenn nicht? Ich sag' euch aus Erfahrung, was dann passiert: Sobald der Funken überspringt, bedeutet das tägliches stundenlanges Simsen und

Telefonieren, einsame Nächte unter der Woche und am Wochenende immer das Debakel zu ihm oder zu mir? Andere Pläne wie Haushalt, Freunde und Familie geraten mehr und mehr in den Hintergrund. Nicht zuletzt das Autofahren mit totaler Übermüdung, da man jede verfluchte Minute länger mit dem Liebsten genießen möchte und dann auf der Autobahn mit Sekundenschlaf zu kämpfen hat. Aber weil dem nicht genug ist: Wie sieht die Zukunft aus? Kannst du deine Stadt, Freunde und Familie ohne Bedenken verlassen oder bist du ein Mensch, der den engen Kontakt zu ihnen zum Glücklichsein dringend braucht? Bekommst du einen gleichwertigen und gut bezahlten Job in der neuen Heimat oder wäre dir das alles für die Liebe des Lebens egal? Du kannst nicht automatisch annehmen, dass der Mann deiner Träume nicht dieselben Gedanken hegt und womöglich verneint und nicht bereit ist, umzuziehen. Dann prophezeie ich dir wirklichen Stunk und mega Herzschmerz. Also musst du in diesem Punkt ein wenig in dich hineinhören, wie flexibel du tatsächlich bist, denn – und das ist leider ein Fehler vieler Frauen – du kannst nicht automatisch annehmen, dass ein Mann für dich alles stehen und liegen lässt, wenn er dich wirklich liebt. Das wäre nicht fair, denn immerhin hast du dich für ihn entschieden, weil er so ist, wie er ist und nicht anders, also respektiere ihn so, oder lerne ihn bereits zu Beginn nicht näher kennen. Das ist aber nur meine geschätzte Meinung, jeder kann das anders sehen.

So, weiter im Text. Zum Thema Filterfunktionen fällt mir noch etwas ein. Männer um die 20 schummeln gerne ein paar

Jahre hinzu, da sie Erfahrungen mit reiferen Frauen suchen. Sie glauben, sich mitunter sexuell, mental etc. weiterzuentwickeln. Die Altersgrenze liegt oft bei 28, denn sie wissen, dass erfahrene Damen, die ein Auge auf jüngere Männer geworfen haben, den Filter meist bei 28 als unterstes Limit setzen. Reifere Männer hingegen neigen dazu, ihr Alter in den Einstellungen runterzusetzen. Ja, Ladys, auch Herren tun das, nicht nur wir. Schaut jetzt nicht verlegen weg, wir sind unter uns und können uns das eingestehen. Versteht mich nicht falsch, nicht alle Frauen mogeln hier, sowie auch nicht alle Männer schummeln! Man sollte es sich nur ins Bewusstsein rufen, dass dies der Fall sein könnte.

Nicht jeder Alex ist tatsächlich ein Alex, sondern vermutlich ein Mustafa. Alex könnte aber auch eine Sabine sein. Es ist mehr möglich, als euch lieb ist. Selbst bei Betrachtung der Fotos ist es wichtig, sich alle anzusehen, da das historische Phänomen oft vorkommt. Hierbei ist das Profilfoto der Hammer, das zweite zeigt einen Mann mit etwas weniger Haaren und mehr Bauch und die Entwicklung geht dann so lange weiter, bis man beim fünften Foto starke Zweifel hegt, ob der Kerl auf dem ersten Bild und auf diesem überhaupt noch ein und dieselbe Person sind. Mal ehrlich, diese Frage geht an die Herren der Schöpfung: Wollt ihr uns dann weismachen, so attraktiv könntet ihr in ein paar Jahren wieder aussehen, wenn wir uns für euch entscheiden und ihr euch dafür ins Zeug legt? Also das volle Programm mit Beautydoc und Haarwurzeltransplantation? Oder wollt ihr damit eine Anspielung auf euren brillanten Genpool machen? Ich würde da einfach nur die ehrliche Intention dahinter begreifen wollen, warum man so etwas tun sollte. Dass in der Fotogalerie womöglich auch ein älteres Foto dabei sein kann, wo man ein einzigartiges Erlebnis mit einem Elefanten auf Safari zeigt oder den Gewinn eines Pokals, ist für mich absolut einleuchtend, aber um euch aktuell einschätzen zu können, hilft diese historische Entwicklung eher nicht weiter. Spätestens beim ersten Treffen ist Stunk vorprogrammiert. Daher ist diese Idee kontraproduktiv. So, danke für eure Aufmerksamkeit, aber das musste raus.

Mir ist bewusst, dass in der heutigen Zeit, in der wir in den Medien all die perfekt scheinenden Menschen vor die Nase gesetzt bekommen, Selbstzweifel gezüchtet werden, immer das Gefühl aufkommt, nicht gut genug zu sein und daher glauben wir, lügen und schummeln zu müssen, um unsere Chancen beim Gegenüber zu verbessern. Aber es bringt nur insofern etwas, solange es in einem gewissen Rahmen bleibt. Keiner von uns ist perfekt und soll es auch nicht sein, denn es sind die kleinen Unebenheiten und Fehler, die uns einzigartig und liebenswert machen. Da draußen gibt es Ladys, die auf Vollglatze und einen untersetzten Bauch stehen oder das sogar lieben. Daher ist es besser, es nicht zu übertreiben. Wobei ich sogleich erneut auf dem Thema rumreiten muss: 1,88 m ins Profil zu schreiben und dann zum Mann hinabsehen zu müssen, macht jede Frau einfach nur grantig. Auch hier, meine Lieben, ist es sinnvoll, verstärkt auf die Fotos zu achten. Wirken die Arme und Beine wirklich so lang? Kann die Größe überhaupt stimmen? Wie erscheinen andere Menschen daneben oder im Hintergrund im Gegensatz zu ihm? Lasst euch nicht überall hinters Licht führen, falls es um Punkte geht, die euch wichtig sind. Sofern ihr selbst nicht allzu groß geraten seid oder euch die Größe eines Mannes egal ist, dann wird diese Filtereinstellung bei euch keine ausschlaggebende Rolle spielen. Ich bin froh, wenn es Frauen und Männer da draußen gibt, die nicht in allen Punkten oberflächlich sind, in einer Welt, die Oberflächlichkeit hegt und pflegt. Ich nehme mich bei dieser Neigung nicht heraus und bin keinen Deut besser. Mir sind wiederum Tattoos am ganzen Körper, kleine Plugs in den Ohren oder eigene Kinder egal, was andere vielleicht nicht gerade bevorzugen. Jeder hat seinen Style, ein Vorleben und womöglich Ballast, den man mit sich herumschleppt. Es geht nicht darum, perfekt zu sein, sondern um die Frage: Womit kann man gut und gerne mehr Zeit verbringen?

Ich kann euch auf jeden Fall sagen, seid beim Fotomarathon der Herren der Schöpfung auf alles gefasst. Ich habe mir beim Betrachten oft gedacht, ich könnte Geld verdienen mit Beratung von Männern, deren Foto ich eher für eine Fahndung verteilt hätte. Das Schlimme ist, dass Y-Chromosom-Träger nicht automatisch das Talent und das Interesse haben, sich regel-mäßig auf Fotos zu präsentieren oder ins beste Licht zu rücken und leider – ich weiß, ich bin fies – aber meine Herren, das ist nicht zu übersehen. Natürlich auch hier nicht alle von euch Schnuckis ;)

Verkaterte Gesichter, verstrubbelte Frisuren, misslungene Fratzen, die eigentlich lustig gemeint waren, nackte Körper, die

Adonis blind machen ... aber besonders traurig sind die Gesichtsausdrücke. Meist gelangweilt, obwohl sie wohl cool wirken wollten, verstörend, obgleich sie witzig hätten sein sollen oder grimmig, sodass man eher einen Gladiator darin wittert als einen Lebemensch, der sein Dasein inbrünstig genießt.

Gepflegt sieht es auch nicht unbedingt aus, wenn Schweißränder auf den Shirts bereits eingetrocknet, die Zähne verfärbt sind und die Fotos von unten geknipst wurden, um die gesamte Haarpracht der Nasenlöcher zu präsentieren. Yummie! Der Winkel, Leute, der Winkel macht es aus!

Nichts geht über ein charmantes Lächeln, eine lockere Pose und bequeme Kleidung. Und es muss auch nicht immer ein Hund drauf sein, um eure Chancen zu erhöhen. Mir ist aufgefallen, dass von zehn Profilen mindestens eines ein Haustier als Schmeicheltaktik nutzt. Und was gar nicht geht: Profilfotos mit einer Frau im Arm, sofern das kein Sprungbrett für einen munteren Dreier werden soll. Natürlich gelten all diese Tipps auch vice versa.

Die Qual der Wahl. Ja, sobald ihr euch die richtige App für eure Suche installiert, die Einstellungen, die Fotos und den Profiltext erstellt habt sowie die Filter stehen, könnt ihr nun im Dschungel an Möglichkeiten mit der Jagd beginnen. Ich wünsche euch von Herzen viel Glück, denn das werdet ihr brauchen. Und Geduld. Aber keine Sorge, ich lasse euch nicht allein. Ein paar Tipps habe ich noch auf Lager, damit ihr euch leichter zurechtfindet.

4 | FAKE OR NO FAKE?

Ja, die Frage aller Fragen. Für all jene unter euch, die ohnehin nur Freundschaften, Chats oder schriftlichen Fantasienaustausch suchen: Euch kann es gewiss egal sein, ob euch gerade wahrhaftig Jason Statham schreibt. Aber an alle anderen Ladys da draußen, die sich auf das verlassen wollen, was die Fotos versprechen, die sollten in diesem Kapitel gut aufpassen, denn es gibt ein paar Methoden, um herauszufinden, was Männer wirklich beabsichtigen.

Eine Freundin von mir handhabt es am unspektakulärsten: Sie schreibt lediglich Männer an, die verifiziert sind und stellt sich bei Bedarf den Filter so ein, sodass sie nur diese zu Gesicht bekommt, um nicht einem anderen hübschen Antlitz auf den Leim zu gehen. Das passiert schneller, als die Vernunft zuschlägt. Bevor die Realität euch also das Fürchten lehrt, euer Verehrer sich ziert, wenn es um ein persönliches Treffen geht, und euch aufmerksames Betrachten und gezielte Fragen zu mühsam sind, kann ich euch diesen Ansatz wärmstens empfehlen.

Wenn ihr allerdings auch anderen Männern im Onlinedating eine Chance geben wollt, denn nicht alle nicht-verifizierten Kandidaten sind automatisch Fake, dann könnt ihr nach folgenden Punkten vorgehen:

Erstens: Wie viele Bilder befinden sich in der Galerie? Wenn es nämlich nur ein Bild gibt, dann stehen die Chancen generell hoch, dass es sich um ein Fake handelt. Denkt doch einmal logisch darüber nach. Je weniger Fotos ich reinstelle, desto weniger Fakten könnten einem auf den Abbildungen merkwürdig vorkommen, wie zum Beispiel ausländische Straßennamen, Menschen im Hintergrund mit Kimonos oder im Westernstyle, Gebäude, die eindeutig nicht in Europa zu finden sind, etc.

Zweitens: Wie aktuell sehen die Fotos aus? Leicht unscharfe Bilder, ein dumpfer Farbton, eine schlechte Auflösung deuten oft auf alte oder kopierte Pics hin. Oder auf eine geschickte Verschleierungstaktik, aber das ist eine andere Story.

Drittens: Ist die Person auf allen Fotos wirklich dieselbe? Ihr schüttelt gerade ungläubig den Schädel, aber ich meine es todernst. Ich habe dieses Phänomen gleich zweimal erlebt. Warum sollte ein Mann plötzlich schmalere Lippen haben, einen Kopf kleiner sein und engere Augenbrauen besitzen?

Viertens: Seht euch die Kleidung und den Hintergrund an. Wenn die Aufschriften ausländischer Herkunft sind, und das auf allen Fotos, ist das etwas merkwürdig. Ein Urlaubsfoto, okay, ein T-Shirt mit spanischem Spruch, okay, aber auf allen Bildern? Sehr unwahrscheinlich.

Fünftens: Der Typ sieht einfach viel zu hot aus, um es notwendig zu haben, überhaupt einen Finger auf solch eine App zu legen. Diese Spezies von Männern kann sich vor

Angeboten im realen Leben kaum retten und selbst das Reinigungspersonal oder die Dame im Coffeeshop wird ihm zwinkernd eine Telefonnummer zustecken. Seien wir doch realistisch.

Hier kann ich euch auch den kleinen Tipp via Google-Bildersuche mitgeben. Bei mir funktioniert dieses Feature leider nur am Laptop und nicht auf dem Handy, aber ihr könnt das verdächtige Foto des Mannes hochladen und im Netz gezielt danach suchen. Zwar ist das männliche Geschlecht bereits raffiniert geworden, Bilder aus eingeschränkten beziehungsweise gesperrten Instagram-Accounts etc. zu verwenden, die im Netz nicht aufscheinen. Allerdings hat sich diese Taktik noch nicht flächendeckend rumgesprochen, sodass ihr dann bei Bedarf kanadische Models mit europäischem Namen enttarnen könnt. Glaubt mir, das ist lustig ☺!

Zu unterscheiden von diesem Phänomen sind Männer, die sich verschleiern: also zum Beispiel dunkle Belichtung, das Gesicht unscharf, nur die Rückenansicht oder ein Sixpack zu erkennen. Einige verzichten dann auch auf ein Profilbild, damit Frau den Köder schluckt und direkt ins Profil reinklickt, um dort auf die eigentlichen Fotos zu stoßen. Diese Männer sind wohl eher vergebene, die nicht irrtümlich von Freundinnen der Partnerin entlarvt werden wollen. Und ihr werdet nicht glauben, welche tolle Ausrede sie dafür haben, denn die ist meistens dieselbe: „Ich stehe im öffentlichen Leben und es ist mir unangenehm, erkannt zu werden." Natürlich Herr Bleibtreu, das ist absolut nachvollziehbar.

Wenn sich also der Verdacht bereits in eurem Kopf breitmacht, heißt das nicht automatisch, ihr müsst dieses Profil in der App nach links wischen. Nope, ihr könnt dem klitzekleinen Hoffnungsschimmer in euch noch eine Bewandtnis geben, indem ihr den Aufwand auf euch nehmt, zu testen. Es gibt nämlich spezielle Fragetechniken. Wenn ihr Glück habt, erspart er euch die Mühe, sofern er gleich als Erstes wissen will: „Was suchst du hier?" Bingo! Sollte dies nicht der Fall sein, wartet einmal ab, wie sich das Gespräch entwickelt. Sind die Fragen kurz, eher wie kopiert, runtergeratscht und desinteressiert, dann könnt ihr ihm ja gleich zu Beginn mit einem „Warum bist du eigentlich nicht verifiziert?" auf die Zehen steigen.

Wenn er hingegen aufmerksam und bemüht ist, die Beiträge wirklich persönlich und lange sind, solltet ihr es eher durch die Blume sagen: „Sorry, aber da du nicht verifiziert bist und ich für faire Verhältnisse bin – immerhin bin ich verifiziert –, würde ich es unheimlich charmant und zuvorkommend von dir finden, wenn du einen Faketest bestehst. Ist das in Ordnung für dich? Könntest du mir ein aktuelles Selfie mit folgender Handgeste schicken?" Wählt dafür bei den Emojis ein eher untypisches Signal aus und bleibt dabei. Ich würde euch auch empfehlen, von euch selbst mal in einer ruhigen Minute ein top Foto mit der gleichen Geste zu erstellen, damit ihr es als Zeichen des guten Willens parat habt. Nun könnte Folgendes passieren. Entweder der Mann ist komplett von der Rolle, empfindet es als eine Frechheit, so eine Behauptung aufzustellen, blablabla. Wenn er noch eins draufsetzt, folgt dann ein „Ich verlange von dir ja auch kein Foto von deinen Möpsen!" Runzelt nicht die Stirn, alles schon erlebt, und so geht es weiter.

Der zweite Typ Mann wird versuchen, sein Spiel fortzuführen, indem er Zeit schindet und dabei hofft, du vergisst irgendwann, dass du das Foto jemals verlangt hast. Unser Gegenstück kann da sehr manipulierend agieren. Einem Fake geht es entweder um einen Chat, weil ihm langweilig ist und/oder er im realen Leben glaubt, niemals eine attraktive Frau ansprechen zu können oder er bemüht ist, sexy Fotos oder laszive Gespräche aus euch herauszulocken, um sich daran aufzugeilen.

Der dritte Typ Mann schickt dir dann ein zusätzliches Fakefoto des Models, weil die meisten sich auf diesen Fakevorwurf vorbereitet und sicherheitshalber weitere Fotos runtergeladen haben. Natürlich ist die von dir gewünschte Handgeste dann nicht zu sehen und er hofft, das sehr ansprechende, wenn nicht sogar sympathische, sexy Foto bringt dich von deinem Misstrauen ab. Aber nein, meine Ladys da draußen wissen es nun besser, da sie diese Zeilen lesen.

In allen drei Fällen könnt ihr ihm sagen, dass ihr kein Interesse mehr habt, sollte er den Beweis nicht liefern. Oder ihr brecht den Kontakt sofort ab und blockiert ihn. Es empfiehlt sich, sein Profil gleichzeitig als Fakeprofil beim Betreiber zu melden, damit andere Damen nicht auf diesen Furz reinfallen. Frauen sollten in diesem Punkt zusammenhalten.

Last but not least der vierte Typ Mann, für den sich der Faketest allemal gelohnt hat. Dieser wird eventuell eine amüsierte Meldung schieben und/oder dir besagtes Bild anstandslos übermitteln. Wenn er dann trotz deiner Verifizierung im Gegenzug ein Beweisfoto verlangt oder du es ihm aus Dankbarkeit gleichtun willst, ist nun die Zeit gekommen, das vorbereitete Foto abzuschicken.

Eine weitere Möglichkeit, den Fake aufzudecken, ist eine Variante, die mit Mut verbunden sein muss. Die mutigste überhaupt, denn Schlabberlook, Essensreste auf dem Shirt, zerzaustes, fettiges Haar, die Lesebrille, ungeschminkte Tatsachen und absolutes Chaos im Wohnzimmer sind dann ein striktes No-Go. Ich spreche vom heiligen Videochat. Hier könnt ihr selbst auch nicht viel mogeln. Ihr müsst euch also aufpimpen, von den Lichtverhältnissen und dem Sitzplatz her den besten Ort auserkiesen, dann auf absolut spontan tun und fragen: „Wie wäre es mit einem Videocall? Für mich ist langes Schreiben etwas mühsam und ich würde dein charmantes Lächeln gerne im realen Leben sehen. Was hältst du davon?" Mit ziemlicher Sicherheit wird der Auserwählte zuerst ablehnen, weil natürlich auch die meisten Männer nicht in jeder Lebenslage wie aus dem Ei gepellt aussehen und sich keine Blöße inmitten von Eroberungsverhandlungen geben möchten. Zumeist wird er aber eine plausible Erklärung dafür haben und dir, wenn du Glück hast, eine Zeit nennen, zu der es ihm besser passen würde. In seltenen Fällen kann er wirklich spontan zusagen, daherist die Vorbereitung so wichtig, denn nichts ist haarsträubender, als vorlaut einen Call anzupreisen und dann doch einen Rückzieher zu machen, weil der Lidstrich nicht richtig sitzt.

Allerdings wie wird ein Fake reagieren, fragt ihr euch bestimmt? Dieser wird entweder elegant wiederholt einen Vorwand finden, warum es jetzt gerade nicht passt oder ihr seid bereits entmatcht. Was übrigens bei der Fotoabfrage auch recht zügig passieren kann, weil der Mann verhindern will, dass er von listigen Frauen beim Betreiber zu oft angeschwärzt und dann vom herrlich beladenen Buffet ausgeladen wird.

Ich habe noch eine besonders lustige Variante bei diesem Faketest live miterlebt. Der Mann hatte beim Videocall die Handykamera zugehalten und brühwarm behauptet, es läge eine Störung vor, aber er könne mich sehen und wir daher das Gespräch fortsetzen. Ich möchte mir gar nicht ausmalen, was er in meiner Gegenwart getrieben hat. Ich fand die Ausrede einfach nur stümperhaft und habe das Telefonat nach wenigen Sekunden beendet. Ihr glaubt gar nicht, wie verflucht einfallsreich Männer werden können, wenn es darum geht, einen Fake aufrechtzuerhalten und zu bekommen, was sie wollen.

Aber letztendlich wird euch einer meiner Vorschläge Gewissheit darüber geben, ob der Mann auf den Fotos auch der Mann ist, der euch schreibt. Der angenehme Nebeneffekt ist, ihr könnt einschätzen, wie alt die Profilfotos tatsächlich sind. Es ist bei mir nicht nur einmal vorgekommen, über Profile zu stolpern, die noch die exakt gleichen Fotos beworben haben wie vor meiner letzten Partnerschaft, die vor sechs Jahren begann. So viel dazu.

Ihr werdet sehen, nach dem Faketest wird euch eine große Last von den Schultern rutschen. Nichts ist ärgerlicher, als Stunden mit einem Mann zu flirten, ihm womöglich Fotos und private Informationen preiszugeben und dann erkennen zu müssen, dass er persönlichen Treffen geschickt ausweicht, die besten Ausreden spinnt und ihr all diese Zeit an einen Mann vergeudet habt, die ein anderer, wertvoller Konkurrent viel eher verdient hätte.

5 | PRIVATSPHÄRE? WAS IST DAS?

Könnt ihr euch noch an mein Beispiel in der Cocktailbar erinnern? Ich denke oft bei sehr persönlichen und auch unangebrachten Fragen meiner aktuellen Eroberung im Chat darüber nach, ob er sich getraut hätte, mir das ins Gesicht zu sagen. In den meisten Fällen würde die Antwort NEIN lauten und das stimmt mich traurig. Wohin hat uns die digitale Welt samt sozialen Medien geführt? Dass wir zum gläsernen Menschen avanciert sind, ist uns allen nicht neu, aber dass wir nun auch die Pforten in unsere innerste, privateste Gefühls- und Gedankenwelt inklusive sexueller Neigungen mit jeder 30-Minuten-Begegnung unbekümmert teilen sollen, hat uns wohl niemand erzählt. Ist es tatsächlich normal geworden, einer fremden Person Fragen wie: „Sag mal, wann hattest du das letzte Mal Sex?", „Wie viele Sexpartner hattest du in den letzten 6 Monaten?", „Auf was stehst du beim Sex besonders?" oder „Ich steh' ja voll drauf, wenn die inneren Schamlippen weiter heraushängen, ist das bei dir auch so?" zu stellen? Schon allein im Zuge des Schreibens dieser Fragen, die ich nicht nur einmal gestellt bekommen habe, zieht sich in mir alles zusammen. Das Bizarre ist, wenn man die Männer darauf hinweist, dass dies zu intim und Privatsache ist, wird uns noch zurückgeworfen, wie verklemmt und prüde man sei. Ich bin fassungslos.

Bekommt ihr ein wenig ein Gefühl davon, was ich meine? Diese gesichtslosen Menschen, Männer, die ihr noch nie zuvor gesehen habt, die womöglich morgen schon aus eurem Chat verschwunden sind, euch für nicht interessant genug befunden haben oder nicht mehr antworten werden, verlangen ungeniert von euch, vor ihnen einen Seelenstrip hinzulegen! Sie haben absolut kein Recht dazu und die Grenzen zieht ihr ganz für euch selbst! Euch muss bewusst werden, dass jedes freizügige Foto, jede private oder intime Information einmal losgeschickt für immer im Netz abrufbar bleibt. Euer Schnittchen teilt sie stolz und belächelnd mit seinen Kumpels, amüsiert sich darüber, wie dumm und leichtgläubig ihr seid und leitet diese Fotos auch weiter. Er geilt sich an euren sexuellen Geschichten auf, womöglich ist er dabei sogar recht lieb zu sich selbst, denn es gibt für ihn wohl keine Grenzübertretung, da er euch nicht sieht und nicht kennt. Er denkt, machen zu können, was er will, und wenn ihr nicht mitspielt, ist es ihm egal, denn die Nächste wird womöglich darauf anspringen. In einer Woche kann er sich weder an euren Namen noch eure Hobbys erinnern, aber er hat eine Kollektion an Nacktbildern und Kopfkinostreifen, die er wie ein Trophäenjäger mit sich führt. Wollt ihr Teil davon sein oder habt ihr ein wenig Stolz und Ehre? Ja, vielleicht wirkt es auf euch übertrieben oder ihr seht überhaupt nichts Schlimmes dabei, dann gratuliere ich, dass ihr noch keine negativen Konsequenzen daraus ziehen musstet. Ich möchte lediglich die Gefahren aufzeigen und euch vorwarnen. Was ihr für euch mitnehmt, ist natürlich eure Sache und ich bin niemandem böse ;)

Es ist etwas komplett anderes, wenn man Monate oder gar Jahre mit einem Mann zusammen ist. Da sind die Sprache und die Fotos eine eigene Welt, weil ihr eure Privatsphäre teilt, aber

alles andere ist absolut nicht nötig, um einen Mann kennenzulernen und zu halten. Denn ein korrekter, gut erzogener Kerl
hat das nicht notwendig und kann sich bei Bedarf online mit
Bildchen/Videos oder Magazinen Freude bereiten, ohne
wildfremde Frauen im Netz diesbezüglich zu belästigen. Das ist
nicht eure Aufgabe, ihr werdet nicht dafür bezahlt, und sobald
euch etwas unangenehm ist, setzt euch zur Wehr!

Das wäre nun auch gesagt.

Zurück zum Thema: Wie schützt ihr eure Privatsphäre? Zum
einen: Gebt euren vollständigen Namen, eure Adresse und eure
Handynummer nicht leichtfertig oder zu rasch weiter. Wenn ihr
dem Mann einmal in freier Wildbahn begegnet seid und meint,
ihr wollt ihn unbedingt wiedersehen, könnt ihr meiner
Meinung nach gerne auf WhatsApp wechseln, wo alles
bequemer ablaufen kann. Solltet ihr allerdings nach einem 10-
minütigen Date schon das Grausen bekommen, werdet ihr euch
an meine Worte erinnern, dass es besser ist, abzuwarten, denn
seine ganz persönlichen Stalker heranzuzüchten, will gelernt
sein. Regelmäßige Schokoladengeschenke im Briefkasten,
zerflederte Blumensträuße auf der Terrasse und Kärtchen an
eurem Auto sind allemal drin. Wenn ihr euch dann fragt, ob der
Schatten vor dem Fenster nur ein Baum ist oder doch allzu
menschliche Züge aufweist, hinterher werdet ihr nie wieder so
rasch persönliche Informationen preisgeben. Glaubt mir!

Zum anderen gäbe es da Insta, FB und Co. Selbst wenn euer
Account öffentlich gestaltet ist und es euch nicht um weitere
Follower geht, denkt ihr denn tatsächlich, dass ein Mann, der

als zweite Frage auf soziale Medien switchen will, auf eure inneren Werte ein Auge geworfen hat und euch offiziell als nächste Freundin vorstellen will? Ehrlich? Nope, von dieser rosa Wolke muss ich euch nun leider brutal runterschubsen. Wenn ihr mehrere Tage ausgelassen im Chat geflirtet, euch bereits „Guten Morgen" und „Gute Nacht" gewünscht habt, das Handy zum Tischvibrator im Büro geworden ist, das euch bei jeder Nachricht ein breites Grinsen ins Gesicht zaubert, dann, ja genau dann, ist der Zeitpunkt gekommen. Dann nämlich ist der Mann entweder verflucht geschickt und verdient einen Oscar, ein verkappter Narzisst oder ihr habt wirklich einen Typen gefunden, für den es sich lohnt, weitere Chats vorerst zurückzuschrauben. Die Wahrscheinlichkeit ist dann nämlich auch recht hoch, dass ihr euch im realen Leben sympathisch findet, und sofern die Anziehungskraft da ist – man sich biologisch riechen kann –, steht der Romanze kaum etwas im Wege.

Was tun bei unangebrachten Fragen oder wenn eure Privatsphäre überschritten wird? Ganz einfach, je nachdem, ob der Chatpartner nun einen Fehler zu viel gemacht hat, ihm die Meinung geigen oder höflich „Sorry, doch das ist absolute Privatsache und geht dich nichts an" hinpfeffern. Wenn ihr ihm allerdings eine Chance geben wollt, weil er sich ansonsten recht anständig verhalten hat, dann ein „Im Grunde genommen kennen wir uns kaum und das sind Themen, über die ich gerne mit dir privat bei einem Treffen reden würde, sollte es zwischen uns passen. Ich hoffe, das ist nachvollziehbar für dich." Wenn beleidigende Meldungen zurückkommen, dann gewöhnt euch an, diese nicht persönlich zu nehmen. Ich weiß, das ist leicht gesagt, aber im Onlinedating haben die Menschen ihre Manieren bei Mama zu Hause gelassen und da sie eure geschockten Gesichter oder die Zornesfalten zwischen den Brauen nicht ablesen können, sind sie stockblind und unfähig. Habt ein wenig Mitleid für solch mangelnden Charakter und gebt ihn mit offenen Armen frei, damit er seine Chancen bei anderen Ladys nutzen kann. Eure Nerven und eure Zeit sind es nicht wert, dass ihr euch unnötig ärgert, rechtfertigt, einen Streit vom Zaun brecht etc. Merkt euch folgenden Satz: „Ich führe gerne intellektuelle Gefechte, solange mein Gegner bewaffnet ist." Das sind sie aber in den meisten Fällen nicht. Ihr habt Besseres verdient.

6 | UNERWüNSCHTE NACKEDEIS

Ihr wisst genau, wovon ich rede. Ungewollte Spargeltarzane, wie Gott sie schuf, verhungerte beziehungsweise untersetzte Oberkörper, Möchtegernbizepse, verschrumpelte oder stramme Dickpics, nackte Hintern ... Ja, wie sollen wir damit umgehen, liebe Ladys? Vor allem, wenn sie von uns weder gewünscht noch geduldet werden? Ich würde mal frech behaupten, vor allem das Phänomen Dickpics stößt einem Großteil der Damenwelt sauer auf. Allerdings ... falls jetzt, genau jetzt, diese Passage von einer Frau gelesen wird, die so etwas anregend, amüsant und sogar wünschens-wert findet, bitte melde dich bei mir! Ich möchte es einfach verstehen und durch deine Augen sehen, denn ich muss klipp und klar eines hier loswerden, geehrte Männer: Sorry, aber euer Schwanz ist insgesamt gesehen an euch das Unattraktivste überhaupt. Ja, keine Frage, ich liebe, wozu er imstande ist, was er für ein Highlight ins Liebesleben bringt, er wäre gar nicht wegzudenken. Wenn ich aber einen Mann kennenlerne, dann vergucke ich mich in ein unwiderstehliches Lächeln, verwegenes Auftreten, ein attraktives Gesicht, breite Schultern, gepflegtes Aussehen, große Hände, einen Knackarsch, in den ich insgeheim nur reinbeißen will. Nicht zu vergessen volles Haar, das man in einer ekstatischen Nacht nur durcheinanderbringen möchte, der Duft, der einem die Sinne raubt, eine Brust, an die man sich einfach nur herankuscheln will, und Arme, die einen beschützen können. Oder für die auditiven Ladys unter euch natürlich auch die Stimme, der beim Lachen produzierte

Ton und die Worte, die euer Herz höherschlagen lässt. Aber ein Penis? Nope, könnte mich nicht erinnern, einen Mann an der Bar betrachtet und mir dabei gedacht zu haben: Wow, der Penis von dem ist gewiss so überragend, ich muss diesen Leckerbissen um jeden Preis kennenlernen.

Als ich dieses Kapitel geschrieben habe, wollte ich natürlich eine Expertenmeinung nicht ausschließen, denn ich bin mir sicher, ihr fragt euch genau wie ich, warum Männer so etwas Besch** überhaupt machen? Um bei unserem Beispiel mit der Bar zu bleiben, er wird sein Ding dort nach 10 Minuten ja auch nicht rausholen, also weshalb in der virtuellen Welt? Ich habe eine interessante Studie im Journal of Sex Research gefunden, in der 1.087 Männer, die bereits Dickpics verschickt haben, deren Beweggründe hinterfragten. Sie konnten bei dieser Umfrage auch mehrere Gründe angeben.

Stellt euch vor, tatsächlich glaubten ein Drittel von ihnen, dass sie durch dieses belästigende Bild das Interesse an ihrer Person steigern könnten. Die Hälfte von ihnen bewegte ein sehr praktischer Gedanke dahinter. Sie verfolgten das alte Spiel, dass wir wohl aus unseren Kindheitstagen beim ersten Kennenlernen mit dem anderen Geschlecht gehört haben: „Ich zeig' dir meins, wenn du mir deins zeigst." Sie vergessen dabei allerdings, dass diese Art von Doktorspielen mit einem frühpubertären Gehabe einherging, und ich hoffe ja, liebe Männer, ihr wollt nicht auf diesen Niveaustand zurück, und zweitens, könnt ihr aus diesem damaligen Satz eigentlich eine Anfrage auf einen Tausch vorab herauslesen. Es heißt also, ungefragt ein Dickpic zu verschicken, bedeutet nicht ausnahmslos die Verpflichtung der Frau eurer Begierde, dass sie auch ein Foto ihrer Genitalien zurückschickt.

Zwanzig Prozent waren allem Anschein nach der Meinung, dass Dickpics heutzutage zum guten Ton gehören, normal wären und wenn sie sie nur ausgiebig in die Welt verteilen, würde die Damenwelt irgendwann positiv darauf reagieren. Diese Logik muss mir mal jemand erklären.

Ein Viertel wiederum waren von ihrem besten Stück so überzeugt, dass sie es einfach nicht mehr verantwortungsvoll fanden, dieses Geheimnis länger für sich zu behalten und wollten es mit voller Inbrunst mit der Welt teilen.

Nur zehn Prozent von ihnen tun es, weil sie Bestätigung suchen, da sie selbst mit ihrem Schniedelwutz nicht so im Reinen sind. Eigentlich hätte ich persönlich gedacht, dieser Prozentsatz läge höher, aber womöglich existiert hierfür in Wahrheit eine markantere Dunkelziffer. Wer gibt das als Mann schon gern preis, wenn es doch sein Penis, dessen Durchmesser, Länge und Technik, wie er eingesetzt wird, ist, der letztendlich über seine Männlichkeit am meisten aussagt. Zumindest in seiner kleinen Welt, in der das Selbstbewusstsein vielleicht etwas mehr Power vertragen würde.

Der Artikel besagt weiter, dass bereits rund siebzig Prozent der Frauen in Deutschland mit Dickpics belästigt worden sind. Es ist also tatsächlich keine Seltenheit. Als Conclusio wird noch erklärt, dass Männer, die unaufgefordert Dickpics verschicken, sexistischer und narzisstischer veranlagt sind. Wieder was gelernt, meine Damen.

Also was tun, wenn ihr solch ein Bild erhalten habt? Da gibt es natürlich viele Möglichkeiten, je nachdem, was das Ziel eures Chats war. Falls es euch nur um Sex geht und ihr der Meinung seid: „Okay, mit diesem Werkzeug lässt sich etwas anfangen" oder ihr ohnehin lediglich einen fantasievollen Chat herbeiführen wollt, dann werdet ihr so gut wie möglich auf dieses Niveau einsteigen. ACHTUNG! Damit ist nicht gemeint, dass ihr nun nachzieht und euch untenrum frei für ein Foto macht! Dafür gibt es Google und es ist euch später nicht peinlich, tatsächlich euer Kätzchen abgelichtet zu haben. Vielmehr meine ich damit, schlagt einen flirty Ton beim Schreiben an oder schickt ihm ein zuckersüßes Selfie, mit dem ihr auch am nächsten Tag noch gut leben könnt.

Eine weitere Möglichkeit wäre, es einfach zu ignorieren und unkommentiert so stehen zu lassen, wobei ich euch da gleich prophezeien kann, dass der stolze Versender nachfragen wird, was diese Stille zu bedeuten habe.

Solltet ihr es eindeutig als Frechheit sehen, mit diesen nackten Tatsachen konfrontiert worden zu sein, könnt ihr entweder höflich darauf hinweisen, dass ihr dies nicht billigt, ihn brühwarm blockieren oder, wie ich es oft leider tue (es wäre nicht nötig und man könnte einfach darüberstehen), auf die sarkastische Schiene umsteigen. Ich weiß, das ist gemein, aber mehr Vorwarnung, als in meinem Profil darauf hinzuweisen, dass ich keine Dickpics dulde, kann ich auch nicht dalassen. Da mir die Intelligenzbestie schreibt, kann sie offenbar lesen, hat sich allerdings nicht die Mühe gemacht, mein Profil vorher zu studieren. Ich bin einfach der Meinung, es gibt da draußen noch charmante, gut erzogene und vor allem selbstbewusste Männer, die das nicht nötig haben, um eine Frau von sich zu überzeugen. Sie schicken lieber ein verschmitztes Lächeln und ein „Good night, Babe" mit Herz-Emoji – schmalzig hin oder her –, als sich so unter Wert zu verkaufen.

Also, um das angemessen zu beantworten, könntet ihr ein lachendes Emoji schicken und fragen: „Echt jetzt? Und welche Antwort wäre dem Sir nun genehm?" Vielleicht ein „Wow, ich krieg mich gar nicht mehr ein. Was ist das und was tut man mit dem Ding? Ich hab' so etwas noch nie gesehen!" Oder ihr googelt ein Bild von einem Kothaufen und schreibt: „Da du mir unaufgefordert deine Wurst geschickt hast, bin ich so frei, dir auch meine zu schicken." Das wird bestimmt eine neue Rekordzeit, in der ihr geblockt werdet.

Ich schreibe manchmal „Jackpot! Du hast es geschafft! Du bist nun Mitglied in der Fotosammlung für den Bildband ‚Wie werde ich sie los in zwei Sekunden?' auf Amazon für geschlagene 11,99 EUR."

Wenn ich noch halbwegs von der sarkastischen oder zynischen Schiene entfernt bin oder es für mich den Anschein hat, dieses Kaliber verträgt die Kritik womöglich nicht so gut, dann schreibe ich sehr sachlich: „Ich habe die Theorie, dass Männer, die mir Dickpics schicken, an mangelndem Selbstbewusstsein leiden, denn wie allgemein bekannt ist, geht es um Qualität und nicht Quantität. Die Technik ist der Trick. Daher kann ich dir nur mein tiefstes Mitleid ausdrücken." Okay, ihr habt mich ertappt, ich habe es wieder nicht ohne Sarkasmus geschafft. Sorry, ich bemühe mich um Besserung. Zumindest ab und zu ;).

Fakt ist, dass es sogar online eine Datenbank gibt, um Dickpics zu melden und die Männer zu registrieren, da es eine strafbare Handlung darstellt. Ihr könnt dem Mann also auch gerne dazu gratulieren, dass er nun erfolgreich Mitglied auf www.dickstintion.com geworden ist. Ob ihr es tatsächlich getan habt oder nicht, ist dafür egal, der Schrecken sitzt und womöglich habt ihr künftig ein paar Frauen vor diesem Phänomen verschont. Seit ich das weiß, werde ich diese Fotos auf jeden Fall hochladen und melden, selbst wenn es ein Kampf gegen einen gigantischen Berg an Dickpics wird.

Fassen wir nun einmal zusammen. Viele Gründe, warum Männer sich auf Onlinedatingplattformen tummeln, sind euch nicht neu. Der Großteil ist entweder auf einen ONS oder unkomplizierte, regelmäßige Sexabsprachen aus. Ein Teil befindet sich in einer offenen Beziehung und macht auch keinen Hehl daraus, anderen ist in ihrer Partnerschaft langweilig geworden und diese suchen den verbotenen Kick. Wieder andere sind noch schwer traumatisiert von den letzten Erfahrungen mit dem weiblichen Geschlecht, wollen oder können allerdings auf körperlichen Kontakt nicht verzichten.

Dann gibt es noch jene, die in einer Beziehung sind und grundsätzlich einfach nur Gehör finden wollen, ein wenig flirten, lachen, ohne die Grenzen zu überschreiten, fremdzugehen. Oft führt es zu sexuellen Rollenspielen im Chat oder am Telefon und beide können nachher mit ihrem Kopfkino und breitem Grinsen schlafen gehen.

Ich musste auch feststellen, dass es Berufsgruppen gibt, denen es sehr schwer möglich ist, Frauen kennenzulernen oder Beziehungen langfristig aufrechtzuhalten, so wie Soldaten, Feuerwehrmänner, Polizisten und zum Teil Piloten und Köche. Ja, ja, ist schon klar, natürlich läuft vielen Vertretern des schönen Geschlechts das Wasser im Mund – kein Kommentar! – zusammen, weil man automatisch an Männer in Uniform denkt, die ja bekanntlich einen besonderen Reiz für die Frauenwelt darstellen. Aber während die kurze Bekanntschaft ihre Krallen in deren Rücken gräbt, weist genau diese Sorte Kerle dann oft einen Mangel an Nähe, Geborgenheit und tiefgründigen Gesprächen auf, da man sie einfach für andere Qualitäten heranzieht. Ich traue mich, das wirklich zu sagen, da ich in meinem Leben mit sehr vielen Männern dieser Berufssparten Kontakt pflegte. Irgendwie bin ich ein Magnet für geschundene Seelen, die sich bei mir öffnen wie eine Blume. Ich finde es schön, aber auch traurig, daher wurde mir klar, warum man so oft Männern dieser Berufsgruppen Untreue oder Bindungsprobleme zurechnet. Es hat alles seine Bewandtnis und Ursachen. Sie sind vielen Gefahren ausgesetzt, schieben Überstunden unter erschwerten Bedingungen, sind mitunter wenig daheim, müssen funktionieren, Kontrolle bewahren – selbst in lebensbedrohlichen Situationen. Sie tragen Verantwortung, müssen sich zur Not verteidigen oder bekommen Bilder zu sehen, die sich traumatisch einbrennen. Wenn solch ein Mann also Zweisamkeit sucht, dann einerseits, um Dampf abzulassen, Stress abzubauen und andererseits um zu vergessen oder der Realität zu entfliehen.

Weitere Kandidaten sind jene Typen, die eigentlich noch Teenager oder Teenager im Geist sind und ihr Glück versuchen wollen. Sie sehen es als Spiel und finden es belustigend. Einige davon würden lediglich einen gemütlichen Kiffpartner brauchen, damit das Gewissen nicht so an einem nagt, wenn man sich selbst die Rübe einnebelt. Ein Anzeichen dafür ist der nicht mehr allzu geheime Code 420. Also falls ihr diese Zahl im Profil seht, wisst ihr, was damit gemeint ist.

Nicht zu vergessen Männer, die aufgrund ihres Aussehens, einer Erkrankung oder körperlichen beziehungsweise geistigen Einschränkungen Kontakt zur Außenwelt suchen und denen im realen Leben der Mut dazu fehlt oder nicht die Möglichkeit sowie Gelegenheit dafür haben. Ich habe herausgefunden, dass manche gezielt nach Frauen dem Text „Suche Herrin" oder „Ich nehme dir deine getragenen Socken oder Höschen ab und zahle sehr gut" ablesen. Kein Wunder also, dass reine Sexplattformen langsam krachen gehen, da die Onlinedating-Apps so praktisch und vielseitig sind, damit selbst die schrägsten Gesellen zusammenfinden. Immerhin zeigen diese Plattformen einen Ausschnitt der Vielfalt unserer Gesellschaft und da gibt es nichts, das es nicht gibt.

Wieder andere sind alleinerziehend und hoffen, auf diesem Weg eine Lebenspartnerin zu finden, mit der das Leben erneut erfüllter, leichter ist und damit die Kinder die Vorzüge einer Mutter erleben können. Nicht zu vergessen: Ich bin über Profile gestolpert, die offen kundtaten, eine Hausfrau zu präferieren, da sie selbst nichts allein gebacken bekommen. Und obwohl man meinen sollte, Datingplattformen seien eigentlich hierfür gedacht: also generell den Mann fürs Leben zu finden, die große Liebe, unendliche Leidenschaft, die Schmetterlinge im Bauch, das teenagerhafte Grinsen, die Rückversetzung in einen kindlichen Zustand der Freude und Schwerelosigkeit etc., würde ich dieser Kategorie schätzungsweise nur einen Anteil von fünf Prozent in der Gesamtmenge an Suchenden zutrauen.

Vielleicht habe ich in meinem Sammelsurium noch etwas vergessen oder ihr Ladys hättet ein paar Rubriken zu ergänzen, aber so individuell die Menschen und das Leben sind, so sind es auch die wahren Absichten der Männer auf Datingplattformen. Und jeder hat das Recht – sowohl Männlein als auch Weiblein –, sein Leben zu leben, wie man will und man sollte zu sich und seinen Bedürfnissen stehen. Oft wäre es natürlich einfacher, wenn die Menschen gleich zu Beginn damit rausrücken und man es ihnen nicht erst mühsam aus der Nase ziehen müsste ;).

Wie also findet man es rasch heraus? Selbst wenn ich mich wiederhole, es ist die richtige Fragetechnik, die ich euch hier mit auf den Weg geben möchte. Die richtige Fragetechnik in Kombination mit einem Batzen Geduld und guter Beobachtungsgabe. Züchtet also einen kleinen Sherlock Holmes in euch heran, denn leider ist der Wunsch, innerhalb kurzer Zeit einen passenden Mann zu finden, ein Ding der Unmöglichkeit. Also keep cool, chill, geh das Ganze ohne Druck, ohne zu hohe Erwartungen an und versuche, ein wenig Spaß dabei zu haben.

Zum einen wirst du an der Mühe, der Sorgfalt für die gestellten Fragen, der Häufigkeit der Antworten und dem Ton erkennen, wonach dem Chatpartner der Sinn steht. Ein Mann, der eine rasche Nummer oder seine sexuellen Fantasien gefüttert haben möchte, wird dir vor allem so viel Honig wie möglich um das Maul schmieren und auf deine Fragen eher knapp antworten, wenn sie nichts mit Sex zu tun haben. Im nächsten Kapitel wirst du hierfür ein paar lustige Beispiele mit auf den Weg bekommen.

Versuche, im Chat im Auge zu behalten, ob dein Gegenüber Erkundigungen aufstellt. Nimmt er Bezug auf etwas, was du geschrieben hast, oder sind es offene, vorgefertigte Fragen, die man jedem holden Weib stellen kann? Teste ihn zwischendurch. Hat er noch nicht vergessen, was du ihm bereits erzählt hast? Denn falls er mit mehreren Frauen parallel schreibt, wird er sich an Details wahrscheinlich nur dann erinnern, wenn du gerade seine Favoritin bist. Sei dir stets bewusst, dass Männer dazu neigen, bei deinen Fragen abzuwägen, was du womöglich erfahren willst und ihn daher weiterbringt und was ihm auf keinen Fall über die Lippen rutschen darf. Der Spruch „Frauen verlieben sich in das, was sie hören, und Männer in das, was sie sehen" kommt nicht von irgendwo her. Es ist der Grund, warum Damen sich schminken und das starke Geschlecht mitunter auf „Notlügen" zurückgreift. (Was natürlich hier nicht automatisch bedeutet, dass Frauen nie zu Notlügen greifen ...) Arbeite daher zwischendurch auch mit Suggestivfragen, um ihn zu verwirren oder ihn aus der Reserve zu locken. Stelle die Frage so, dass er annehmen muss, du erwartest eine bestimmte Antwort, zum Beispiel: „Verstehe, also bist du eher auf etwas Unkompliziertes, Lockeres aus, um gemeinsam Spaß zu haben, liege ich richtig? ;)" Ich komme mit dieser Methode oft um die Ecke, wenn sich der Chatpartner aufgrund seiner Antworten und Fragen bereits in eine Richtung entwickelt, die mir zeigt, dass er mich nur flachlegen will und ich langsam das Interesse verliere. Die meisten fallen nämlich darauf rein und geben offen zu: „Ja, das wäre doch prima. Wer möchte das nicht?" Die Falle schnappt zu und um es mit Ariana Grandes Worten auszudrücken: „Next!"

Lasst euch also nicht immer in die Karten blicken. Wenn er wissen will, was du gerne hast oder suchst und du ihm eine exakte Gebrauchsanleitung schickst, dann braucht er nur noch zu behaupten: „Genau das mag ich auch." Oder: „Da sind wir uns einig." Macht diesen Fehler bitte nicht! Bleibt oberflächlich und kryptisch, solange er nicht aus sich rauskommt und offen über seine Bedürfnisse und Erwartungen redet. Wenn er sich vor euch öffnet wie ein Buch, dann scheint er entweder ein Manipulationsgenie zu sein, oder er meint es tatsächlich ehrlich mit euch. Ich betone hier erneut, sollte dies der Fall sein und ihr dennoch merken, es passt nicht, sagt es in einem freundlichen, wertschätzenden und respektvollen Ton, da er ansonsten wegen euch schlechte Erfahrungen macht und sich dies auf sein künftiges Verhalten auswirken kann. Ihr seid Ladys und habt es nicht nötig, auf jemandem herumzutrampeln oder euch auf das Niveau des anderen zu begeben, sollte er im Gegenteil ein Ekelpaket sein.

Weitere Fragetechniken, um einen Mann aus der Reserve zu locken wären, ihm komplett tiefsinnige oder ungewöhnliche Fragen zu stellen. Zum Beispiel: „Was macht dich als Mensch aus?", „In welche Leidenschaften kannst du dich vollkommen vertiefen?", „Traust du dich, mir drei deiner Schwächen zu offenbaren?" Ein Mann, der tatsächlich Interesse an dir hat oder einen weitreichenden Chat mit dir aufbauen möchte, wird überrascht sein und sich herausgefordert fühlen. Es zeigt ihm, dass du nicht oberflächlich bist und du dich tatsächlich für ihn interessierst, was ein großes Kompliment darstellt. So kannst du die Spreu vom Weizen trennen. Viele werden hier w. o. geben und sich zurückziehen, da ihnen das zu kompliziert oder anstrengend ist. Ja, mag sein, aber denkt mal näher darüber nach. Wenn ihn solche Fragen bereits am ersten Tag nerven, wie viel Aufmerksamkeit, Geduld und Interesse wird er später noch entwickeln können? Denn gerade zu Beginn ist jeder bemüht, sein Bestes zu geben, und wenn es euch um Qualität geht, dann liegt ihr mit dieser Fragetechnik richtig.

Die wahren Absichten herauszufiltern, wird euch helfen, erheblich Zeit zu sparen beziehungsweise an den Falschen zu verschwenden. Behaltet immer im Auge, was ihr tatsächlich sucht und geht keine halben Sachen ein, weil euer Gesprächspartner gerade besonders bemüht ist oder ihr denkt, vielleicht ändert er sich oder eigentlich könnte es ja noch etwas werden. Sobald es eine Notlösung wird, um nicht alleine zu sein, oder nur ein billiger Ersatz, bis etwas Besseres daherkommt, seid ihr auf dem Holzweg. Denn der falsche Mann hindert euch daran, den passenden zu finden. Also löst lieber eine unsichere Bekanntschaft, die einfach nicht richtig zünden will, bevor es nur dahinplätschert und nie den Zweck erfüllen wird. Es lohnt sich, weiterzusuchen und geduldig zu sein.

8 | DER „GHOSTING"-EFFEKT

Das letzte Mal, dass ich Onlinedating für mich zwecks Partnersuche eingesetzt habe, war vor circa sechs Jahren. Da ich eben letzten Partner über eine App kennengelernt hatte, dachte ich mir, warum nicht wieder dort mein Glück herausfordern? Mir war allerdings nicht bewusst, WAS sich in der kurzen Zeit verändert hatte und ich war verblüfft, wie und weshalb gewisse Trends plötzlich aufgepoppt sind. Vor allem das sogenannte Ghosting schlug mir schnell aufs Gemüt, und ich verstand die Welt nicht mehr. Wie war es möglich, dass man über Tage mit jemandem fast im Minutentakt kommunizierte, täglich stundenlang mit ihm telefonierte, flirtete und lachte und dann eines Morgens: Nichts! Absolut nichts mehr! Kein Muh, kein Mäh und keine Reaktion auf meine Frage, ob alles in Ordnung sei oder ob ich etwas falsch gemacht hätte. Zuerst rätselte mein Kopf sich zu Tode, ging alle möglichen Szenarien durch, ich machte mir Sorgen, bis es in Enttäuschung und dann Wut umschlug. Ich bekam es einfach nicht in mein Spatzenhirn, warum man nicht den Mut aufbringen konnte, zu sagen: „Sorry, aber es passt nicht für mich. Ich wünsche dir alles Gute." Wenn ich mich dann nicht rechtfertigen und eine stundenlange Diskussion vom Zaun treten möchte, könnte ich noch immer den anderen blockieren oder ignorieren, aber so wüsste der andere wenigstens, woran er ist. Aber nein: Wir ghosten schön brav einmal, weil das ist gerade kinky und hip. Ich bekomme die Krise, echt jetzt!

Um dieses Phänomen besser verstehen zu können, bin ich ins Netz gegangen, um darüber zu recherchieren. Paartherapeuten erklären, dass Ghosten eine Frage von Verbindlichkeit und Charakter ist. Ghostende Personen wollen es verhindern, sich mit der Reaktion des Gegenübers auseinandersetzen zu müssen – aus Bequemlichkeit, zwecks Konfliktvermeidung und aufgrund hoher Ausprägung von Feigheit. Meistens stecken Unsicherheit und mangelndes Selbstbewusstsein dahinter. Man hat gesehen, was der vermeintliche Partner mit in die Beziehung bringen kann, wie das Leben mit dieser Person womöglich sein würde und was es an Arbeit für die Zukunft bedeutet, um in dieser neuen Welt zu bestehen. Wenn man die ganze Zeit etwas vorgetäuscht hat, was man nicht ist, aber gerne wäre, würde dieses zerbrechliche Kartenhaus früher oder später in sich zusammenbrechen. Man möchte nicht, dass der andere dann erkennt, wie unfähig, schwach oder fehlerbehaftet man in Wahrheit ist. Bevor dieses Märchen sich also in einen Albtraum kehrt, verschwindet man lieber im Untergrund, solange man noch das Objekt der Begierde ist, um den Schein zu wahren. So bleibt man ewig der tolle Mann, den man leider nie bekommen hat. Denkt er zumindest.

Ein weiterer Grund kann sein, dass das Interesse letztendlich nicht reicht, ein anderer Kandidat womöglich in den Vordergrund tritt und man hofft, die plötzliche Kontaktsperre würde eh schon alles sagen. Hallo?! Tut sie eindeutig nicht, denn mit diesem Verhalten züchtet man nur Zweifel, Vertrauensprobleme und Skepsis für den nächsten Mann in der Warteschlange.

Im Netz steht auch etwas von Bindungsangst ... also wirklich, wenn dem tatsächlich so wäre, warum streune ich dann überhaupt auf einer Partnerbörse herum? Wäre da nicht zuerst eine Therapie erfolgreicher, ehe ich andere Menschen verletze und womöglich für immer schädige? Denn bevor all die Dating-Apps zur Sexbörse avancierten, dienten sie fast ausschließlich der Partnersuche.

Doch durch diesen Trend habe ich nun im Chat regelmäßig blöde Schmähs fallen lassen: „Falls wir uns morgen noch kennen sollten, würde ich mich über ein Gespräch sehr freuen", „Montag könnten wir etwas unternehmen, sollten wir uns da noch kennen" oder „Warum sollte ich dir ein Foto schicken? Wer sagt, dass wir uns nächste Woche noch schreiben?" Diese doofe Macke kommt nicht von irgendwoher, sondern nämlich vom Ghosten und ist keine neue Errungenschaft in meinem Leben, auf die ich besonders stolz bin. Es zeigt nur, dass man sich nicht allzu viel erwarten darf und versuchen muss, beim Onlinedating Zeit zu schinden, damit sie nicht vergeudet ist und man seine Nerven schont. Selbst wenn das absolut unlogisch klingt. Denn sofern man nur eine (textliche) Affäre ist oder das Interesse an der eigentlichen Person in Wahrheit nicht allzu groß ist, um für eine längere Zeit auszureichen, dann ist es allemal besser, wenn man geghostet wird, solange man selbst emotional noch nicht involviert ist. Daher meine Devise: „Immer langsam mit den jungen Pferden." Egal wie schön es sich entwickelt, wie sehr es bereits nach drei Tagen im Bauch kribbelt, denkt und redet nicht zu viel im Voraus, schmiedet keine Pläne für die Zukunft. Bleibt lieber unverbindlich, das macht euch interessanter und suggeriert dem Gegenüber die Aufgabe, am Ball zu bleiben und sich zu bemühen, denn sonst seid ihr weg. Hier geht es nicht ums Hinhalten, sondern einfach darum, sich nicht in die Karten blicken zu lassen, wie „hooked" man bereits ist. Ja, Mädels, ich weiß, sobald etwas so Schönes entsteht, will man es Gott und der Welt erzählen, aber das könnt ihr in einem Monat auch noch machen, wenn das Ganze womöglich etwas realistischer geworden ist. Fakt bleibt: Frauen werden durch Sex gebunden, Männer durch Zeit.

Als ich im Netz den Ghosting-Effekt gegoogelt habe, bin ich auf die Steigerung, nämlich den Trend Orbiting (zu Deutsch „jemanden umkreisen") gestoßen. Es ist das Gleiche wie Ghosten, allerdings mit dem bitteren Beigeschmack, dass der Angebetete sich zwar weder via WhatsApp oder per Telefon meldet, einen aber sehr wohl über die sozialen Medien stalkt. Also auf deine Beiträge auf Insta, FB und Co. hin Bemerkungen dalässt und sie liked. Er möchte auf diese Weise einen Fuß in der Tür behalten, um bei Bedarf eure Beziehung später wieder zu reaktivieren.

Zum Glück habe ich dieses Phänomen selbst noch nicht erlebt, würde ich allerdings mit Löschen seiner Kommentare und Ignorieren seiner Likes kontern. Mich zu einer möglichen Konversation über öffentliche Beiträge zu äußern, würde mir gar nicht erst passieren.

Welchen Trend ich dort aber in Bezug auf Onlinedating noch gefunden habe und erst jetzt wirklich zuordnen konnte, ist das sogenannte Breadcrumbing (zu Deutsch „Brotkrümel"). Wenn ich euch dieses Verhalten beschreibe, wird sich gewiss die eine oder andere unter euch auf die Stirn greifen und lauthals sagen: „Ah! Genau das kenne ich!" Hierbei geht es nämlich darum, dass man im Chat irgendwie nicht weiterkommt. Einerseits macht der Mann keine Nägel mit Köpfen, deklariert nicht wirklich, was das Ganze werden soll, will sich also auch nicht persönlich treffen, ist dennoch geschickt genug, einen bei Laune zu halten. Mit Charme, Humor und kleinen Flirts ködert er einen, damit man bei der Stange bleibt und ständig die Hoffnung erweckt wird, er will etwas von einem, er braucht nur mehr Zeit. Sollte es dann allerdings zu ernst werden, zieht besagter Mann die Reißleine und beendet den Flirt, denn unterm Strich ging es ihm lediglich um das Gefühl, dich jederzeit haben zu können. Es waren seine Bedürfnisse Jagdtrieb und Erfolgsstreben, die gestillt werden sollten und nicht mehr. Womöglich war es ein bisschen Bauchpinselei, um sein Selbstbewusstsein dahin gehend zu stärken, wen er nicht aller klarmachen könnte. Ja, rückwirkend betrachtet habe ich dieses Verhalten sehr oft beobachtet. Jetzt, wo ich es weiß, muss ich es einerseits mit euch teilen und andererseits werde ich künftig auf solche blöden Flirts anders reagieren und das frühzeitig abstellen. Spielen darf man im Casino jedoch nicht mit mir. Wer sagt denn, dass man den Spieß nicht umdrehen kann? Versucht einmal, eine Nachricht auf WhatsApp zu schreiben – sofern ihr bereits beim Nummernaustausch wart –

und löscht diese sofort wieder. Es erscheint bekanntlich die Bemerkung: *„Du hast diese Nachricht gelöscht.“* Das weckt Neugier, und falls er euch darauf anspricht, könnt ihr von einem verirrten Selfie oder zu hotten Bild sprechen, dass ihr zurückgenommen habt. Wenn er anbeißt, könnt ihr vermutlich Komplimente ernten und die Unnahbare spielen, nur um anschließend den Flirt zu beenden.

Solltet ihr auf der Dating-App kommunizieren, könnten neue Fotos auf dem Profil Wunder bewirken, sodass er plötzlich aktiver wird oder ihr schreibt ihm, dass ihr jemand kennengelernt habt, dem ihr eine Chance geben möchtet und es daher besser wäre, wenn ihr nur Freunde bleibt. Das könnte sein Ego auf den Plan rufen. Es kann funktionieren, kann aber auch ins Gegenteil überschwappen. Fraglich ist immer, ob es sich für euch lohnt oder nur vergeudete Zeit ist und ihr darübersteht. Es gibt so viele andere, die lieber ein Kennenlernen vorantreiben wollen, um euch im realen Leben zu treffen oder andere Bedürfnisse befriedigen können.

Falls ich euch damit helfen konnte, dürft ihr mir gerne danken ;).

Bist du noch da?
Hy, Stacy!
Mein Schatz
Hallo Maria!
Bis gleich!

9 | DIE BESTEN MASCHEN

ieses Kapitel möchte ich zehn Typen von Männern auf Onlinedatingplattformen widmen, die mir besonders oft begegnet sind und wegen derer ich daher Erfahrungswerte mit euch teilen kann. Natürlich ist die Liste an Verhaltensmuster unendlich, aber ich schätze, ich decke damit einen großen Teil für euch ab, damit ihr euch orientieren könnt und ein gewisses Gefühl dafür bekommt, was euch erwartet und wie ihr womöglich am besten darauf reagiert. Starten wir gleich einmal mit dem „Blender".

DER BLENDER

Er ist verdammt geschickt. Ein Blender setzt einige Fähigkeiten voraus, die uns Frauen im Chat zuerst positiv auffallen und daher imponieren, später kehrt sich das allerdings gegen uns. Sie sind charmant, sehr geschickt, manipulativ, recht intelligent, aufmerksam und haben narzisstische Neigungen. Das Gespräch mit ihnen fließt geradezu dahin, alles scheint zu schön, um wahr zu sein. Das Flirten gelingt mit Freude, die Themen sprießen und man hat rasch das Gefühl, man kenne sich bereits eine Ewigkeit, könne ungehindert alles mit dieser Person teilen, öffnet sich mehr als bei irgendjemand anderes, grinst wie verrückt bei jeder Nachricht und kann es kaum erwarten, diesen Mann endlich in natura zu treffen. Dann noch dieses verdammt verführerische Lächeln auf den Fotos, diese aktive Haltung, das Gespräch nicht abreißen zu lassen, nicht zu vergessen ein „Gute Nacht, träum was Schönes" und das „Guten Morgen, Sonnenschein", genau so wie man es sich immer erträumt hat. Eigentlich perfekt, könnte man meinen, nicht wahr? Doch weit gefehlt. Wenn ihr euch nämlich aus dieser rosafarbenen Duftwolke herauszieht und das Ganze nüchtern betrachtet, gibt dieser Mann wenig von sich preis. Ich stelle euch ein paar Beispiele aus der Praxis vor.

Mark, 33, angeblicher Chirurg. Als ich ihm auf den Zahn fühlen wollte, in welchem Bereich er genau arbeiten würde, also Kardiologie, Plastische, Unfall ... und ob er in einem privaten oder öffentlichen Krankenhaus praktizieren würde, kam er mir plötzlich mit der Ausrede, es gebe zu viele Neider in dieser Branche und daher müsse er Privates strikt von Beruflichem trennen. Er rückte partout nicht mit Details über sein Leben heraus. Ich riet ins Blaue und dichtete ihm ein BMW Cabrio Z4 an, weil ich es als Klischee für einen jungen Arzt sehe und er bestätigte mir meine Vermutung. Selbst wenn ich verflucht gut bin, so brillant auch wieder nicht. Als ich ihn dann über die Motorisierung ausfragte, wechselte er nervös das Thema. Er wollte womöglich eine stümperhafte Google-Recherche gegen einen begnadeten Autokenner nicht ins Gefecht schicken. Was auch nicht ratsam gewesen wäre ;). Mir wäre es aufgefallen. Als Mark sich dann drei Tage lang nicht meldete und ich ihn zur Rede stellte, kam natürlich ein: „Ich musste einen Patienten operieren und er überlebt die Nacht vielleicht nicht mehr. Da habe ich andere Sorgen, als dir zu schreiben." Genau ;). So, mein lieber Mark, gewinnt man auf jeden Fall ein Frauenherz. Nicht.

Ein weiteres Beispiel für einen Blender gefällig? Mario, 31, selbstständig, natürlich in Schweigen darüber gehüllt, um welche Branche es sich handelt. Er schrieb mir die ganze Woche über im 10-Minutentakt, ellenlange, eloquente, charmante und vor allem humorvolle Texte. Ich bekam mit, dass er zwischen Berlin und Tulln pendelte, denn immerhin gibt das die spitzfindige Dating-App, die ständig mit UPS verbunden ist, preis. Als ich ihn am Freitagabend plötzlich bei dem Thema, er sei seit Monaten nicht mehr mit einer Frau intim gewesen, aufs Kreuz legte und er mir das dann übel nahm, kippte die Stimmung. Er sah einfach zu gut aus und seine Fotos im Profil deuteten auf einen Mann hin, der keine Gelegenheit verstreichen lassen würde und auch gerne mit dem, was er hat, prahlte. Generell etwas, was ich ansonsten nicht so prickelnd finde, da mich eher Charakterzüge interessieren, Abenteuer, die ein Mensch erlebt hat, Länder, die er gesehen hat, und Erfahrungen, die er gemacht hat, um heute die Person zu sein, die vor mir sitzt. Nicht was er für einen Job bekleidet, verdient, wen er nicht aller kennt, ob er ein Boot, mehrere Häuser etc. sein Eigen nennt. Das sagt über ihn als Menschen nichts aus, doch Mario war geschickt genug, meine Antipathie in dieser Richtung gleich zu Beginn an meinem Rückzug zu erkennen und hatte das Thema rasch umgelenkt.

Wie gesagt, Blender sind sehr sensibel und aufmerksam. Aber weiter im Text. Am Freitag in der Nacht erklärte er mir, dass er beruflich nach München fliegen müsse und viel zu tun habe. Nun ratet mal … er hat sich dann das gesamte Wochenende über nicht gemeldet. Nicht einmal ein „Ich hab' mega Stress, ich melde mich, sobald es geht." Der Tag hat 86.400 Sekunden, behaltet das bitte stets im Hinterkopf, denn wenn ihr einem Mann tatsächlich wichtig seid und er euch halten will, wird er vier Sekunden finden, um kurz eine Rückmeldung abzuliefern. Mario hingegen tat es nicht, daher verabschiedete ich mich am Montagmorgen bei ihm und löschte den Kontakt. Ich hatte sofort den Verdacht, dass er parallele Leben führte, sein Wochenende bei einer Partnerin verbrachte und es deshalb so still um ihn geworden war. Womöglich wollte er mir das gleich von Anfang an richtig „antrainieren". Er hat sich doch tatsächlich am Montagnachmittag zurückgemeldet und sich beschwert, wie es das geben könnte, dass ich ihm so rasch die Freundschaft aufkündigte. Ich versuchte, es ihm begreiflich zu machen, dass man wenigstens vorher Bescheid geben könnte, dass man sich zwei Tage lang nicht melden würde und ich ihm nicht abnahm, dass er das ganze Wochenende nicht am Handy gewesen sei. Genau das war nämlich seine faule Ausrede.

Ich habe mir etwas zum Ziel gemacht. Eine simple Regel in Bezug auf Dating. Wenn ein Mann mich bereits zu Beginn für dumm verkauft, hinhält und ich mich wegen ihm ärgern oder kränken muss, dann ist er es nicht wert, denn es könnte nur schlimmer, nicht besser werden. Daran habe ich mich immer und werde ich mich auch künftig halten.

Ich habe noch ein Beispiel für euch. Markus, Haubenkoch, der merkwürdigerweise seit einem Jahr in einer 42 Quadratmeterwohnung hauste und sich angeblich keine eigene Küche leisten konnte. Da stimmte bereits etwas nicht. Dann wollte er Weihnachten und Silvester mit seiner Exfreundin und deren Familie verbringen, da sie ein gemeinsames Kind hatten, was für mich absolut nachvollziehbar war. Bis zu dem Zeitpunkt, an dem er meinte, es müsse für mich verständlich sein, dass ich mich in dieser Zeit nicht melden solle und er es auch nicht tun werde. Er wollte die Kindsmutter langsam an das Thema „neue potenzielle Partnerin" heranführen. Zudem meinte er, ein Bild mit meinem Gesicht auf seinem Handy aufpoppen zu lassen, wo es doch seines Erachtens nach gang und gäbe wäre, das mobile Gerät des anderen für Fotos zu nutzen, würde unnötig böses Blut erzeugen. What the f***!? Also diese besonders kreative, gekünstelte Art, parallele Leben aufrechtzuerhalten und sich neue Geliebte anzuzüchten, war ein Paradebeispiel für einen Blender.

Ich für meinen Teil kann behaupten, dass nicht jeder Blender einen persönlichen Kontakt sucht, sondern das Flirten und Schreiben eher dazu braucht, um sein Selbstwertgefühl zu streicheln. Ich habe nur einen von ihnen letztendlich auch im realen Leben getroffen.

Ein wunderbares Beispiel kann ich euch von einer Freundin anhängen. Ihr Blender hat komplett den Vogel abgeschossen. Als er sie nämlich emotional an sich gebunden hatte, begann er narzisstisch, wie er war, sehr bedrängend und obszön zu werden. Gespräche von der Morgenlatte und Dickpics kamen wie aus dem nichts, was zu herben Diskussionen führte. Da musste sie auch bestürzt erkennen, dass er sehr private Informationen über sie und ihren Job letztendlich gegen sie verwendete, um sie bewusst zu quälen und zu verletzen. Als sie ihn dann blockierte, war er sogar kreativ genug, einen komplett neuen Account zu erstellen und sich mit neuer Persönlichkeit, E-Mail, Fotos und Namen wiederholt an sie ranzumachen. Nur, um ihr dann schlussendlich zu offenbaren, wer er tatsächlich war und dass er ihr eine Lektion erteilen musste, da er ihr Verhalten als krank empfände. Für mich ist zweifelsfrei offensichtlich, wer da wirklich krank ist. Daher spreche ich erneut eine Warnung an euch aus. Blender sind sehr gefährlich, weil sie geschickt sind, eine Illusion aufrechtzuerhalten, in der ihr euch sicher fühlt und daher mehr aus dem Nähkästchen plaudert, als ihr es für gewöhnlich tun würdet. Bitte passt auf euch auf.

Ich denke mir, ihr habt nun ein wenig ein Gefühl dafür entwickelt. Unterm Strich erzählt ein Blender immer exakt das, was du hören willst, damit er bekommt, was er will. In Wahrheit wirst du aber nie bekommen, wonach du Ausschau hältst. Nur so sieht der Deal mit ihm aus und nicht anders. Schreib dir das hinter die Ohren, so leid es mir tut und so schön das Ganze zu Beginn aussieht, der Fall wird tief und brutal sein, daher seid wachsam, meine Lieben.

DER CHARMEBOLZEN

Ich traue mich zu wetten, diese Kategorie ist euch gewiss vertraut. Es handelt sich hier um Männer, die zum Start des Chats meistens die Initiative ergreifen und dann mit etwas Glorreichem wie „Hey Sweety / Honey / Schönheit / Sexy / Süße ... wie geht's?" Interesse heucheln. Es sind die Süßholzraspler unter ihnen, die in jedem Satz Komplimente streuen, um einem Honig ... wo auch immer hinzuschmieren. Wenn ich mich zurückbesinne, war nie ein Chat mit ihnen dabei, der länger als einen halben Tag andauerte, und ich wurde nie nach meinem realen Namen gefragt, obwohl ich offensichtlich ein Pseudonym nutzte. Wozu auch? Für ihre Zwecke hätte ich ebenso Pipifax heißen können. Dafür wurde aber rasch deutlich, auf was der Mann aus war: erotische Bilder oder lasziven Talk. An den Wunsch nach einem realen Treffen könnte ich mich in keinem Fall erinnern. Sie haben es meist recht eilig, halten sich kurz und übergehen galant deine Fragen. Stattdessen kommt flink ein: „Hey, hast du noch ein paar Fotos? Kriegst auch welche von mir." Von mir folgte dann meist die angepisste Litanei, dass ich kein Stück Fleisch sei, hier respektvollen und wertschätzenden Umgang mit Männern suche und Bildchenjäger hasse. Als Antwort kam dann etwas wie: „Bist nett. Sind deine Titten echt?" oder „Sei nicht so prüde und mach dich mal locker." Speziell beim letzten Satz platzt mir der Kragen.

Ich sag's gleich als Warnung: Vergesst es! Solche Männer erziehen zu wollen, ist vergebene Mühe. Sie sind absolut lernresistent und bei ihnen ist Hopfen und Malz verloren. Ihr könnt eher damit rechnen, dass die Hölle zufriert oder als nächste Frage kommt: „Und? Auf was stehst du so beim Sex?" Da hilft leider nur Blockieren und keinen Gedanken mehr an ihn zu verschwenden. Ich wundere mich zwar oft, wie diese Kategorie Männer dennoch eines Tages unter der Haube landen kann, ich tippe aber mal bösartig auf ein Hoppala, was die Verhütung betrifft. Dann folgt gewiss regelmäßiges Fremdgehen, während die arme Mutter die Kinder hütet. Aber es muss ja nicht alles so schwarzgemalt werden, nicht wahr?

DER DRAUFGÄNGER

Garvin, 34, depressiver Single mit Wohlstandshintergrund hat mir vor allem seinen Herzschmerz aufgrund seines Zwillingsbruder und gleichzeitig Geschäftspartners anvertraut, der sich – was sich für ihn allerdings als quälend herausstellte – auch die Freundin mit ihm teilte. Dies waren meine Anfänge auf den Dating-Apps, denn mit dem heutigen Wissen hätte er keinen Chat länger als 30 Minuten überlebt. Damals war ich noch grün hinter den Ohren, wollte das Gute in jedem Menschen sehen und vielen eine Chance geben. So auch Garvin, was mir allerdings nach ein paar Tagen zu blöd wurde.

Er erzählte mir, dass er im für Wien nobelsten Bezirk wohne, selbstständig sei und seinen eigenen Wein und seit Kurzem auch Champagner produzierte und vertrieb. Grundsätzlich bin ich ja niemand, der sich von Reichtümern beeindrucken lässt, aber er stellte mir in Aussicht, sich einmal so eine Produktionsstätte anzusehen oder einen Ausflug in die Berge zu machen. Romantisch wie ich war, hoffte ich insgeheim auf ein Picknick auf einer Wildwiese zu zweit. Doch die Realität hat mich wachgeküsst und der Froschkönig war in Wahrheit eine dreiste Wasserleiche.

Es war Ende des Monats und ich fragte, ob wir uns einmal im realen Leben treffen könnten, und er bejahte dies. Dann kam er mir mit der Masche, dass er in diesem Monat bereits ein wenig knapp bei Kasse sei und nicht gewillt wäre, mit den öffentlichen Verkehrsmitteln anzureisen. Wo kämen wir da hin, nicht wahr? Wie würde das aussehen? Der Schleimbeutel meinte, ich könne ihn doch bitte von daheim abholen und wir gehen dort dann irgendwo essen. Ich solle mir aber etwas Billigeres als Location aussuchen und ihm nicht böse sein, wenn ich mein Mahl selbst zahlen müsse.

Nicht falsch verstehen, Ladys, ich bin eine emanzipierte Frau und bestehe weder darauf, dass ein Mann beim ersten Date irgendetwas bezahlt – schon gar nicht in dieser Wisch-und-Weg-Gesellschaft – noch dass er generell das Portemonnaie für mich schwingen müsse. Das erste Date allerdings gleich so zu starten, schmeckte mir auch nicht wirklich. Aber ich hielt mich fürs Erste zurück, da ich untertags ohnehin noch terminliche Verpflichtungen hatte. Unterwegs schrieb ich ihn vom Auto dann nochmals dahin gehend an, wie es nun um unser heutiges Treffen stehen würde. Er meinte lapidar, er sei zu faul und ob ich nicht einfach vorbeikommen würde, um seinen exquisiten Champagner zu kosten. Daraufhin ging mir auf gut österreichisch „das G'impfte auf", da mir natürlich bewusst war, auf was das hinauslief. Ich ließ ihn lautstark wissen, wie unverschämt ich ihn fand, und dass er diese Pläne vergessen könne, da ich keine billige Nummer schieben würde. Er beantwortete dieses Dilemma beiläufig mit einem Dickpic, schloss an, was für einen großen Fehler ich begehen und was ich nicht alles verpassen würde, da er viel mit mir vorhabe. Mir kam das Grausen und mir blieb nichts anderes übrig, als ihn zu blockieren. Ich werde es nie vergessen, dass mir rein zufällig sein Zwillingsbruder Monate später auf der App auch Avancen gemacht hatte. Schon allein sein Gesicht ein weiteres Mal zu sehen, hatte alles wieder hervorgeholt und ich habe ihm ein „Nope, ich habe bereits die reizende Bekanntschaft mit deinem Bruder gemacht. Einer von euch beiden reicht mir komplett!" zurückgepfeffert. Schlechtes Benehmen ist bei denen gewiss angezüchtet und liegt in den Genen.

Aber wenn ihr nun glaubt, dies wäre eine einmalige Story, dann habt ihr euch getäuscht, denn Lucas, den ihr ebenfalls unter dem Abschnitt „Tretmine" wiederfinden werdet, hat das ebenso mit Perfektion beherrscht. Er meinte beim ersten Treffen plötzlich, ich solle ihn von der Arbeit abholen und dann heimfahren, sodass wir die Autofahrt praktischerweise zum Plaudern und Kennenlernen nutzen könnten. Er meinte keck, dass er dies für mich ebenfalls tun würde. Ich weiß nicht, Ladys, wie ihr das seht, aber ich finde das für ein erstes Treffen sehr berechnend und ausbeuterisch. Erschlagen wir doch gleich zwei Fliegen mit einer Klappe. Günstig, bequem, rasch heimkommen und Date inklusive. Eigentlich hätte ich mir einen Schmäh daraus machen und so verflucht schlecht fahren können, dass ihm kotzübel dabei geworden wäre, wodurch er nur noch so rasch wie möglich aus dem Auto hätte springen wollen. Aber dafür waren mir mein Wagen und mein Führerschein zu kostbar ;).

DER ELOQUENTE

Der Eloquente besticht eindeutig mit viel Aufmerksamkeit, raschen, ellenlangen Rückmeldungen und Wortkreationen, die oft nur belesenen Ladys reizvoll erscheinen. Er ist ehrlich gesagt eine wirklich angenehme Abwechslung zu all den Beleidigungen, Männern, denen man alles aus der Nase rausziehen muss oder der deutschen Sprache nicht (mehr) mächtig sind, da sie dank sozialer Medien auf Interpunktion, Groß- und Kleinschreibung, ganze Worte und Sätze verzichten oder eine andere Muttersprache haben und es dann zumindest entschuldbar wäre.

Bei dieser Sorte Mann hat man endlich das Gefühl, dass er interessiert ist, sich Mühe gibt und sogar hin und wieder Fragen zu deinen Beiträgen stellt und seine Konversation darauf aufbaut. Allerdings gibt es wie bei den meisten einen Haken. Wehe dir, wenn du seines Erachtens nach vergisst auf etwas zu antworten oder dich gar nicht rasch genug rückmeldest, obwohl du online bist. Hier ist er dem Kontrollfreak sehr ähnlich, nur das er noch keine erschreckenden, stalkenden Tendenzen entwickelt.

Da war zum Beispiel dieser Gregor, der so mitteilungsbedürftig war und gleichzeitig einen Wettstreit vom Zaun brach, wer von uns beiden den längeren Chatbeitrag verfassen konnte. Ich muss gestehen, ich bin alles andere als schreibfaul, es wird jedoch bald zu einem mühsamen Unterfangen, wenn man zurückgeworfen bekommt: „Darauf hast du jetzt aber nicht geantwortet" und „Da bist du mir noch eine Antwort schuldig." Das Gespräch beginnt dann, den Flow zu verlieren, es entwickelt sich ein angestrengter Zustand mit bitterem Abgang bei jeder neu eintrudelnden Nachricht. Man ertappt sich selbst dabei, das Gesicht zu verziehen, da man weiß, es sollte nun sofort alles liegen und stehen gelassen, eine bequeme Sitzhaltung eingenommen und alle möglichen Störfaktoren für die nächsten dreißig Minuten vorsorglich gehemmt werden. Nur damit man die Antwort irgendwie in aller Ruhe bewerkstelligen kann. Doch Spaß und Flirten fühlen sich eindeutig anders an.

Dieser Art von Männern einen Korb zu geben, geht allerdings – zumindest in meinem Fall – relativ glimpflich aus. Zumeist haben sie die Intelligenz und Reife, es einem nicht übel zu nehmen, wenn man dann offen zugibt, dass der Funken einfach nicht überspringen will, man dem anderen für das Gespräch dennoch dankt und für die Zukunft alles Gute wünscht. Nur in einem Fall habe ich dann überhaupt keine Meldung mehr zurückerhalten nach meiner gehissten weißen Fahne, doch das war zumindest angenehmer, als verunglimpft zu werden.

DER KONTROLLFREAK

Diese Sorte Mann finde ich am illusorischsten. Ja, klar, sie glauben an alte Werte und sind noch oldschool unterwegs, allerdings lehnt sich ihr Kontrollwahn schon an krankhaften Vorstellungen an, die einem geradezu Angst machen können. Ich gebe euch wieder ein paar Beispiele:

Christoph, 37, wirkte eigentlich auf den Fotos etwas zurückhaltend, unsicher, aber gepflegt. Er war ein Mitbringsel aus meiner kurzen Schnupperphase auf „P" und ich erklärte ihm, dass ich zwar noch einen Account dort hätte, jedoch keine Nachrichten mehr lesen könne und wir daher auf FB umsteigen sollten. Ich nahm mir vor, ihm zumindest eine Chance zu geben, denn nicht jeder ist fotogen und jede Person bekommt die Gelegenheit, mich zu überraschen und mich von meinem Boxendenken abzubringen. Fakt ist, dass wir uns so im Laufe von zwei Tagen ca. sechs Mal geschrieben haben und er höflich, wie er war, sogar eine erholsame Nacht und einen guten Morgen gewünscht hat, was an sich ja ein netter Zug ist. Am nächsten Tag lief das Ganze exakt gleich ab, allerdings wollte sich bei mir nicht wirklich mehr Interesse einschleichen. Es kam kein Flirt zustande, der Humor floss nicht, das Gespräch war irgendwie sinnbefreit und leer. Selbst wenn er sich ernsthaft bemühte und charmant war. Gegen 23:00 Uhr verabschiedete ich mich bei ihm und spielte bereits mit dem Gedanken, ihm am nächsten Tag zu gestehen, dass ich kein Interesse mehr an ihm hätte. Als ich allerdings morgens in meinen E-Mail-Account blickte, fand ich eine Verständigung von „P" vor, dass Christoph mir im Datingportal eine Nachricht hatte zukommen lassen, was ich als merkwürdig empfand. Ich stieg daher, neugierig wie ich war, ein und tatsächlich war da eine verschwommene, für mich unlesbare Botschaft von ihm von 23:36 Uhr zu finden. Ich stellte ihn natürlich zur Rede und fragte ihn, ob dies ein Test sei oder er mir nicht vertrauen würde. Er wirkte peinlich berührt und umging meine Frage mit: „Ich weiß eh, dass eine Frau wie du recht gefragt ist." Ich pochte darauf, dass er mir einen Screenshot davon schicken solle, da ich einen Verdacht hegte und nach langem Gezeter gab er nach. Die Nachricht lautete: „Ja, ja, behaupten, schlafen zu gehen und dich dann hier online vorfinden. Ich weiß nicht, wie ich das finden soll." Fakt ist, dass ich generell viele Apps am Handy geöffnet halte und nicht nach jedem Blick komplett schließe. Dementsprechend erscheine ich offensichtlich für andere als online, und er dachte, ich würde ihn nach zwei Tagen bereits „hintergehen". Ich war fassungslos. Ich fragte ihn allen Ernstes, ob er tatsächlich der Meinung wäre, in unserem Fall eifersüchtige Tendenzen anschlagen oder – noch viel schlimmer – längst Besitzansprüche geltend machen zu wollen, wo wir uns doch noch nicht einmal im realen Leben gesehen hätten. Ich klärte ihn auf, dass ihm bewusst sein müsse, dass ich parallel mehrere Kontakte pflege, bis ich bei einem das Gefühl habe, es wird intensiver und ich automatisch das Interesse an den anderen verliere. Offenbar war er tatsächlich der Meinung, beim Schreiben gebe es anstandsvolle Exklusivrechte und man breche sofort alle anderen Zelte ab.

Wie seht ihr das, Ladys? Nehmt ihr dann keine neuen Chatanfragen mehr an und schickt allen dahindümpelnden Gesprächspartnern eine Infonachricht, dass ihr bis auf Weiteres nicht interessiert seid, aber falls es in den nächsten Tagen mit einer Person nicht klappt, dass ihr dann erneut für sie offen seid? Vielleicht sollte ich langsam daran denken, meinen Job zu kündigen oder mir eine Assistentin zu leisten, die diese Aufgabe auf allen Plattformen für mich übernimmt. Freiwillige vor? Nein? Niemand? Ihr seid mir auch keine Hilfe ;)!

Noch ein Beispiel gefällig? Philip, 41, eher zurückhaltend, aber bodenständig und sympathisch. Ich wollte mal der älteren Generation eine Chance geben, wo ich doch eigentlich nur ein Faible für Jüngere hatte, um auch wieder einmal einen Grund zu finden, warum das der Fall war :D. Wir schrieben uns über eine Woche lang, und ich rätselte ständig, wann er endlich Anstalten machen würde, mich um ein Date zu fragen. Immerhin hatte ich ihn auf der Dating-App als Erste angeschrieben und sah es generell nicht als meine Aufgabe, einem Mann nachzulaufen. Da muss er schon verdammt lecker aussehen und mich im Chat so verzücken, dass ich gar nicht anders kann. In allen anderen Fällen ist und bleibt das Männersache. Als Philip sich dann endlich nach meiner Nummer erkundigte, um auf WhatsApp zu wechseln, fragte ich ihn keck: „Willst du das deshalb wissen, damit du nach einem Date Ausschau halten kannst?" Er bejahte dies und ich hoffte, dass mein dezenter Wink ihm nun genug Mut geben würde, mit seinen 41 Jahren endlich tätig zu werden. Doch weit gefehlt. Stattdessen schickte er mir täglich Foodporn, also sein selbst fabriziertes Essen als Augenschmaus. Ich fragte ihn überrascht, woher dies käme und erhielt als Antwort nur lachende Smileys. Okay, ich muss ja nicht alles verstehen, nicht alles ist logisch. Aber kommen wir zum alles entscheidenden Ereignis. Ich hatte die letzten Tage über mit erheblichen Schlafstörungen zu kämpfen und war so gerädert, dass ich mir an diesem Abend eine Schlaftablette aufzwang, um endlich die dringend nötige Erholung zu bekommen. Ich verabschiedete mich daher gegen 18:30 Uhr bei Philip, da ich nicht wusste, wie rasch die Dinger mich k.o.schlagen würden. Daraufhin kam folgender Chatschwall zurück: „Genau, um diese Zeit ins Bett gehen und parallel auf „L" online sein und schreiben. Kannst mir direkt sagen, dass du nichts von mir willst und brauchst mich nicht weiter hinhalten!" WOW! Ich rastete aus. Ich erklärte ihm brühwarm, dass ich als Single an schweren Schlafstörungen leide, da ich es gewohnt sei, jemanden neben mir liegen zu haben. Ich sah es überhaupt nicht ein, warum ihn das was anginge, weil es meine Privatsache sei, aber scheinbar müsse er es genauer wissen. Zudem habe er seit über einer Woche seinen

Ar*** nicht hochbekommen, um mich um ein Date zu fragen und solle nicht die Frechheit besitzen, mich als Hinhalterin darzustellen. Es folgte dieselbe Aufklärung bezüglich seiner illusorischen Besitzansprüche wie bei Christoph und anschließend schickte ich ihn in die Wüste. Es reichte mir endgültig. Ja, natürlich entstehen mitunter Missverständnisse und weiterführend Überreaktionen, dennoch ist es ein bezeichnender Charakterzug.

Die Moral von der Geschichte … ihr seid kein Eigentum, welches in Anspruch genommen werden kann. Ein Mann vermag euch im Sturm zu erobern und muss selbstbewusst genug sein, dass ihr, wenn er seine Sache richtig macht, weder Zeit noch einen Gedanken an jemand anderen verschwenden werdet. Es muss ihm und euch bewusst sein, dass Onlinedating damit einhergeht, dass parallel Nachrichten geschrieben werden, was noch keinen Betrug oder „Fremdgehen" im klassischen Sinne darstellt, solange ihr euch nicht fix zu jemandem deklariert und die Grenzen klar besprochen habt. Ich habe die Erfahrung gemacht, dass sich das automatisch und selbstverständlich so entwickelt, dass man, wenn Gefühle für jemanden entstehen, ohnehin ein schlechtes Gewissen bekommt, sollte man mit jemand anderes noch parallel schreiben. Aber vielleicht sehe das ja nur ich so ;). Ich fand es allerdings amüsant, wenn Männer bei einer Freundschaft Plus gleich anmerkten, dass es niemand anderen nebenher geben dürfe, sie aber dennoch nichts Fixes haben wollten. Irgendwie kontrovers.

DER LANGWEILER

Ja, dieses Schnittchen wird in diesem Buch wohl als Kürzestes abgehandelt, da es – wie der Name es schon vorhersagt – nicht viel von ihm zu berichten gibt. Die glorreichen

Wortgefechte im Chat beginnen meist mit einem einfallsreichen „Hey", was ich meinerseits dann noch eloquenter mit „Hy!" kontere. Wer kann, der kann ;). Anschließend warte ich einmal ab. Ich habe ihm ja zumindest das Signal gesetzt, dass ich für ein anständiges Gespräch offen bin, sofern er aus seiner Komfortzone rauskommen will. Wenn nach ein paar Stunden von seiner Seite nichts mehr kommt, versuche ich es mit einem „???" und achselzuckendem Emoji. Meistens ist der Chatverlauf dann als kürzester der Geschichte zu verbuchen. Ab und zu kommt Tage später so etwas wie: „Hey! Wie war dein Tag?" Wenn ich daraufhin bemüht einen Vierzeiler fabriziere und mit freundlichen Emojis eine erneute Einladung zu einem Gespräch anstoße und daraufhin wieder nichts weiter geschieht, wird er ausnahmslos gelöscht. Ich habe solche Matches mit Kontaktaufnahme und ohne Konversation nie verstanden. Ich habe mich mit ein paar Gleichgesinnten besprochen und alle kennen dieses Phänomen. Bei mir macht das ungefähr vierzig Prozent der Kontaktaufnahmen aus. Sie sind so rasch vergessen, wie sie gekommen sind. Das Höchste der Gefühle ist ein Schlagabtausch über die Dauer von zwei Stunden mit einsilbigen Worten oder einem halben Satz und dann verschwindet er für immer in der Versenkung. Ich hatte noch nicht einmal die Gelegenheit dazu, ihn zu vergraulen oder zu langweilen. Was für ein Desaster, dabei bin ich da sicher sehr talentiert :D.

DAS MURMELTIER

Kennt ihr den etwas älteren Film „Und täglich grüßt das Murmeltier" mit Bill Murray? Dann wisst ihr, was mit diesem liebenswerten Kosenamen gemeint ist. Denn diese Kategorie von Männern erscheint auf wundersame Weise auf der Bildfläche, und während ihr gerade mit einem von ihnen warm werdet, müsst ihr am nächsten Tag feststellen, dass der Account gelöscht wurde und ihr nur noch den Chatverlauf übrig habt. Ihr ärgert euch in Grund und Boden, weil man die Anzeichen ja hätte deuten müssen oder er die „Eier" hätte haben können, mit offenen Karten zu spielen, denn: Er ist in Wahrheit kein Single. Irgendwie ist es ja betrübend. Unsereiner findet nicht mal einen passenden Partner, wenn wir gerade mehr als nur bereit dafür wären und andere können mit einem nicht das Auslangen finden. Gieriges und undankbares Pack. Fakt ist, drei Tage später ist dieses Profil wie durch Geisterhand reaktiviert und er klopft bei dir an, als wäre nichts gewesen. Ich habe nach mehreren Anläufen solcher Profile dann nur noch ein Emoji zur Verfügung: den Stinkefinger.

Ich fragte diese Männer bereits des Öfteren, warum sie dies täten. Reumütig gaben sie dann ihren aktuellen Status bekannt und waren gleich wieder munter dabei, mich anzuflirten. Wenn mir das nicht erstens die Zeit kosten würde, jemand Seriösen in mein Leben zu lassen, so könnte er mir ohnehin keinen Mehrwert schaffen. Er würde weder bei mir übernachten noch einen ausgedehnten Koch-/Filmabend oder Ausflug mit mir machen. Gemeinsamer Sport? Er würde dies gewiss missverstehen. Also Ladys, ich sag's euch, wie es ist, dann kann ich gleich bei meinem Spielzeug bleiben. Dafür muss ich nicht verhüten, mich nicht ärgern und weiß 1.000%-ig, dass der Lustspender gute Arbeit leisten wird. Beide werden mich nachts nicht warmhalten oder in den Arm nehmen, also ist das Spielzeug eindeutig die bessere Wahl. Aber ich betone hier erneut, das ist nur meine eigene geschätzte Meinung, jeder sieht das anders und das soll auch so sein.

Aber es gibt weitere Murmeltiere. Zum einen die stalkende Version. Also jene Profile, die meist beim Flirten etwas unbeholfen sind oder über das Ziel hinausschießen und man sie blockiert. Anstatt aufzugeben, löschen sie anschließend tatsächlich ihr Profil, nur um sich erneut anzumelden, euch zu finden und mittels Chatanfrage oder Icebreaker ein „Entschuldigung, es tut mir leid. Bitte gib mir noch eine Chance" dazulassen. Irgendwie auch wieder schmeichelhaft, selbst wenn das zweite Blockieren kurz danach erneut erfolgt. Ich hatte zwei solcher Stalking Marmots und einer hat es sogar auf drei Versuche gebracht, so hartnäckig wollte er mich um jeden Preis kennenlernen.

Eine eher zum Augenrollen bringende weitere Version des Murmeltiers stellt jene Sorte Männer dar, die einfach jede Frau derartig bedrängen, penetrant bis zum „Geht-nicht-Mehr" sind, sodass sie täglich mehrfach wegen Belästigung von Damen gemeldet und demnach generell von der Onlinedatingplattform verbannt werden. Doch diese Männer sind eindeutige Stehaufmännchen. Gleiche Fotos, anderer Name und David, 36, lächelt erneut und bringt jene Frauen zum Würgen, die ihn bereits besser kennen, als ihnen lieb ist. Ich finde es bemerkenswert, da ich diese Profile immer mit der „Neu"-Markierung sehe, wodurch sie natürlich präsenter sind. Woher ich das so sicher weiß? Tja, irgendwann fangen Frauen untereinander zu reden an, vergleichen ihre Matches und schwups, so kommt es, dass ein regelmäßiger Austausch leidgeplagter Genossinnen auf Dating-Apps entsteht. Mann hält sich auf dem neuesten Stand und warnt vor gefährlichen Maschen oder Ekelpaketen. Manchmal reicht schon ein Foto aus und alle Ladys ziehen lautstark die Luft durch die Nase ein und schütteln mit angewidertem Gesichtsausdruck den Kopf. Mehr muss dann nicht mehr dazu gesagt werden.

DER SCHÜCHTERNE

Als Michi, 33, mich angeschrieben hat, vergingen zwei Tage nach meiner Begrüßung, da ich den ersten Schritt gesetzt hatte. Er zeichnete sich durch seine Eloquenz und Schreibfreudigkeit aus, was ich persönlich sehr schätze. Einleitend entschuldigte er sich für die verspätete Rückmeldung und erklärte mir, dass er grundsätzlich fest im Leben stehe und beruflich uneingeschränkt mit seinem Verhalten klarkäme, aber dass er in Wahrheit, wenn es um attraktive Frauen ginge, absolut gelähmt sei. Er hätte Blockaden, breche solche Kontakte für gewöhnlich rasch ab und bei Treffen fehle ihm dann der Mut, um tatsächlich aufzukreuzen. Natürlich fühlte ich mich sofort geschmeichelt, denn Schönheit liegt ja bekanntlich im Auge des Betrachters. Tief in mir drinnen bestanden hingegen Zweifel, doch ich fand diese offene und verletzliche Seite vertrauenerweckend und entschied daher, auf den Zug aufzuspringen. Wir schrieben recht häufig und vor allem sehr lange Texte über drei Tage. Ich schlug ihm vor, dass wir vor einem Treffen telefonieren könnten oder wir es als rein platonische Freundschaft starten, sofern für ihn dann etwas Druck abfiele. Ich gab ihm Tipps, wie er sein Selbstbewusstsein täglich stärken könne und er hielt mich wirklich in dem Glauben, langsam aufzutauen und meine Vorschläge in seinen Alltag zu integrieren. Er bedankte sich regelrecht für meine Geduld mit ihm. Er wurde mir sympathisch, gefiel mir auf den Fotos recht gut und war verifiziert, also warum sollte ich nicht am Ball bleiben?

Eines Tages erklärte er sich plötzlich bereit dazu, mich im realen Leben zu treffen. Ich warnte ihn sofort davor, dass ich ein Nichterscheinen nicht gut auffassen würde und verwies erneut auf ein Telefonat, um Enttäuschungen zu vermeiden, doch er bestand darauf und meinte zuckersüß: „Du hast so viel Verständnis, dass ich dank dir den Mut fassen kann und weiß, an deiner Seite ist es möglich." Wie romantisch, nicht wahr? Ihr rollt wahrscheinlich mit den Augen bei so viel Naivität, aber er gefiel mir einfach wirklich gut und ich wollte die Hoffnung nicht aufgeben. Daher fragte ich ihn, was er als erstes Date vorschlagen würde, und da folgte die erste red flag. Er berief sich auf die Covidmaßnahmen, die ein öffentliches Treffen ja nicht sehr vielseitig gestalteten und meinte, wir können uns bei ihm oder mir zurückziehen. Aha. Okay? Natürlich platzte ich sofort heraus: „Und dafür bist du plötzlich nicht mehr zu schüchtern? Immerhin handelt es sich hier um das private Umfeld, wo man nicht einfach so flüchten kann."

Ihr könnt euch gar nicht vorstellen, wie schnell er einen Rückzieher gemacht hat. Aber zumindest war nun mein Securitydienst aktiv und seine Chancen schwanden im Minutentakt. Er bot dann einen unverbindlichen Spaziergang an und fragte mich, ob wir davor Nummern austauschen könnten, was ich durch den Versand meiner Kontaktdaten erwiderte. Nur wenige Sekunden später hatte er mich auf WhatsApp angeschrieben mit einer Vorwahl, die mir komplett unbekannt war. Natürlich musste ich googeln und wurde fündig bei einem Betreiber, der ausschließlich Wertkarten- nummern vergab. Das war Beweis genug für mich, dass etwas nicht stimmte. Natürlich konfrontierte ich ihn damit, ob er zwei Nummern hätte, da ich ihm nicht abnahm, dass er privat und beruflich ein Wertkartenhandy verwenden würde. Zumindest war er kreativ und spann eine Ausrede, die noch halbwegs nachvollziehbar war, von wegen der Tarif wäre besonders günstig und er ginge sehr achtsam mit seinem Geld um. Trotzdem war es Grund genug für mich, vorerst keine Antwort darauf zu geben. Ich wartete einen ganzen Tag lang und es folgte nichts mehr, daher erklärte ich ihm zuletzt, dass seine Masche echt nicht schlecht sei, ich mich allerdings nun ausklinken würde und daraufhin löschte ich den Kontakt. Ihr ahnt es sicher, es wart nie wieder etwas von ihm gelesen oder gehört, aber über sein Profil stolpere ich in allen Portalen noch immer.

Lasst euch gesagt sein, der schüchterne Typ spielt euer großes Herz mit der Mitleidstour gegen euch aus. Ich möchte nicht alle in eine Box werfen, natürlich gibt es wirklich zurückhaltende Männer, die sich schwertun und es ernst meinen, dennoch achtet dringend auf Warnsignale. Lasst eure Spürnase immer aktiv auf Bereitschaft sein, damit ihr euch später nicht ärgern müsst.

DIE TRETMINE

Darf ich euch Lucas, 31, vorstellen? Attraktiv, laut seinen Angaben geschieden, war sechs Jahre in einer Beziehung und sei auf der Suche nach etwas Ernstem. Ihr werdet merken, dass auch dieser Typ Mann es sehr eilig hat, seine Bedürfnisse befriedigt zu bekommen, denn schon nach wenigen Chatsätzen folgt ein: „Können wir uns sehen?" Ich bin natürlich auf die Bremse getreten, ihm erklärt, dass das Datingleben so kurzlebig geworden ist und ich im Chat fürs Erste gerne prüfe, ob man auf einer Wellenlänge liegt, man den gleichen Humor teilt, ähnliche Hobbys/Leidenschaften hat und Gleichartiges sucht. Dann würde ich mich gerne zu einem Treffen bereit erklären. Er stimmte meinem Tempo widerwillig zu und stellte aber von sich aus keine Fragen. Daher ratterte ich meinen Fragenkatalog runter. Zwischendurch erkundigte er sich erneut, ob wir uns noch heute treffen könnten. Ich wunderte mich und fragte, ob ihm die Zeit davonliefe. Er meinte, was für mich bis zu einem gewissen Punkt nachvollziehbar ist, dass ein Kennenlernen auf persönlicher Ebene einfach besser rüberkäme und er nicht so der Schreiberling sei. Da es am selben Tag bei mir nicht mehr ging – ich hatte keinen Bock mich um 20:00 Uhr noch in Schale zu werfen –, vereinbarten wir ein Treffen für den Folgetag. Dieser Termin kam allerdings – Gott sei Dank! – nicht zustande. Ihr wollt wissen warum? Dann höret und staunet: Am nächsten Tag schrieb mich Lucas wieder an. Er schickte mir ein Foto von seinen Daten aus einer Running-App (Kilometer und Zeit für die Strecke) und wollte meine Meinung wissen, ob ich die Werte gut fände. Ich erläuterte, dass ich dies nicht beurteilen könne, da ich beim Joggen eher den Wald und die Landschaft um mich herum genießen und auf meinen Puls achten würde. Darauf mutmaßte er, ich sei wohl die Chillige, was ich verneinte und sogleich meine Theorie von Fettverbrennung und Cardiotraining zugute gab, was zwischen uns eine leichte Diskussion auslöste. Während ich ihm die ganze Zeit lobend zusprach, weil er angeblich mit seiner Methode 40 kg abgenommen hätte, betonte ich allerdings, dass ich dennoch eine andere Meinung vertrete, aber ihm seine ließe. Er wollte mich unter Biegen und Brechen von seinem Ansatz überzeugen, was bei mir aber auf taube Ohren stieß. Ich lasse jedem seinen Standpunkt, höre mir alles gerne an. Wenn es allerdings für mich nicht nachvollziehbar oder plausibel ist, behalte ich meine Ansicht und wechsle in solchen Situationen galant das Thema, um unnötigen Debatten aus dem Weg zu gehen. Plötzlich verkündete er stolz, dass er bereits Model in Paris und in Mailand gewesen wäre und da er meine Shootingfotos im Profil gesehen hatte, wollte er bestätigt haben, ob ich ebenfalls Model sei. Ich erlitt ein kurzes Schleudertrauma, durch seinen abrupten Themenwechsel und diese sehr bizarre Art wurde er mir suspekt. Zuerst die Belehrungen und nun die Prahlerei. Er war mit diesem weiteren Statement bei mir ab sofort unten durch und ich versuchte, ihm durch die Blume zu sagen, dass ich für das heutige Gespräch sehr dankbar sei, weil es mir die Augen geöffnet hätte. Wir passten eindeutig charakterlich nicht zusammen, wodurch ich unser Date daher freundlich absagen musste.

Doch ich hatte die Rechnung ohne Lucas gemacht, der mir verklickern wollte, dass ich dies nicht zu entscheiden hätte, da er den Ton angab: „Nichts da, du wirst jetzt keine kalten Füße bekommen. Wenn man sich persönlich kennenlernt, ist alles anders, daher hast du dich gefälligst mit mir zu treffen, so wie es ursprünglich ausgemacht war. Absagen gibt es nicht!"

„Moment, mein Lieber, aber zum Tango gehören bekanntlich zwei, die wollen", stellte ich amüsiert fest, und als es dann endlich bei ihm durchsickerte, ging die Bombe hoch. Er beschimpfte mich aufs Tiefste, lachte und ließ mich wissen, dass ich mich nicht wundern müsse, dass ich Single sei. Mir liefe die Zeit davon und ich solle mich zusammenreißen. Er wolle mir nur die Augen öffnen, mir etwas über das Leben beibringen und ich solle meinen Sturkopf woanders auslassen. Er machte mich lächerlich, wurde untergriffig und meinte, ich sei gewiss nur zum Vögeln gut und hätte einen sch*** Charakter, bis ich ihm den Saft abdrehte. Es war bemerkenswert, zu sehen, wie rasch dieser Umschwung passiert war.

Dieses Phänomen hatte ich nicht nur einmal zu spüren bekommen. Solange du ihr Spiel mitspielst und sie eine Chance bei dir wittern, sind sie zuckersüß, doch wenn du ihnen einen Korb gibst, gehen die Tretminen ungeniert hoch. Der Charakterwandel erfolgt innerhalb von Millisekunden und du bist die dümmste, präpotenteste, hässlichste Bitch auf der Welt, die nie jemanden abbekommt und ohnehin viel zu prüde und verklemmt ist. Also habt bei der Minensuche immer einen Stock parat, ihr werdet ihn brauchen.

DER ÜBERFORDERTE

Dieser Typ Mann ist meistens nicht nur ein Überforderter, sondern parallel dazu auch ein Blender, Charmebolzen oder Murmeltier. Seht euch dafür die Kapitel davor an, falls ihr sie überblättert habt. Es gibt Tage, an denen sich diese Sorte in Schüben mit Nachrichten über dich ergießt und dann wieder Tage, wo gar nichts kommt. Ich nehme solche Männer bewusst nicht mehr ernst, amüsiere mich allerdings köstlich über die ausgefallenen Ausreden, warum es temporär so still um sie geworden ist. Da hätten wir zum Beispiel den plötzlichen Tod eines Cousins, einen sterbenden Patienten, einen Kumpel, der beim Umzug Hilfe benötigt hat, den neuen Hund, der in die Hundeschule muss, Stress in der Arbeit und, und, und. Fakt ist, und das sage ich euch in aller Deutlichkeit und im Vertrauen: Er steht nicht auf dich. Du bist nur eine Option, wenn jemand anderer gerade ausgefallen, ihm langweilig ist oder er jemanden braucht, der einem hotte Storys oder Bildchen schickt. Er sucht eine holde Maid, der er sein Leid klagen kann wie bei einem Psychologen oder bei der sein Selbstbewusstsein eine neue Politur verpasst bekommt. Ihr seid für nichts anderes zu gebrauchen. Er wird sich jetzt nicht plötzlich mehr Mühe geben, mehr Interesse zeigen und euch in natura treffen wollen, selbst wenn es den Anschein hat. Letzten Endes herrscht dann wieder tagelange Funkstille oder ihr steht aufgebrezelt am Treffpunkt und er taucht niemals auf.

Ihr bestes Talent ist und bleibt das Ausredenspinnen. Ich bin der Meinung, für diese Sorte Männer sollte man ein eigenes

Emoji mit Hundeblick kreieren, denn den hätten sie gewiss perfekt drauf, um sich erneut in unseren bereits aufgegebenen Chat zu schleichen. Sie sind vergeudete Nerven und Zeit. Ihr könnt ja gerne etliche Chatrunden mit ihnen drehen, wenn ihr mir nicht glaubt, aber nach ein paar Wochen werdet ihr mir recht geben.

Wie lassen sich nun die zehn verschiedenen Männertypen-Flops im Onlinedating zusammenfassen? Sie alle sind Naturtalente darin, wenn es darum geht, wie man Frauen am schnellsten nicht kriegt.

10 | Jetzt wird es ernst

Tja, liebe Ladys, nachdem ihr die Hürde der Kontaktaufnahme, Prüfung und die ersten Tage des Schreibens hinter euch gebracht habt, wird es Zeit, sich zu fragen, ob die besagte Person am anderen Ende es wert ist, dass man sie endlich auch leibhaftig trifft. Vor allem, wenn ihr mehr als nur kurzen Spaß sucht, solltet ihr folgende Punkte für euch selbst abklären: Harmoniert das Gespräch, könnt ihr gemeinsam lachen, freust du dich bereits auf jede Nachricht, die auf deinem Handy etc. aufpoppt? Wie sieht es mit den Hobbys und Leidenschaften aus? Teilt ihr ein paar oder gibt es welche, mit denen du überhaupt nichts anfangen könntest? Kann dir dieser Mann deine dir im Leben wichtigsten Punkte erfüllen, vermag er deine Bedürfnisse bis jetzt zu befriedigen? Nämlich Interesse, Aufmerksamkeit, Zuverlässigkeit, Offenheit, Stabilität, Ehrlichkeit usw.? Hast du herausgefunden, wie er sich seine Zukunft vorstellt, und hat er dir aufrichtig offengelegt, welche Macken er hat? Das zeugt nämlich von Reife, Selbstbewusstsein und Größe, dies bereits im Kennenlernprozess direkt ansprechen zu können. Falls er weiter weg wohnt, raucht, Kinder oder Haustiere hat, irgendwelche Einschränkungen etc., kannst du ehrlich damit umgehen und dir das künftig auch vorstellen? Wissenschaftler haben nämlich belegt, dass Trennungen letztendlich später exakt aufgrund jener Punkte erfolgen, die man bereits zu Beginn bewusst erkannt, aber entweder verdrängt oder niedriger bewertet hat. Oft scheitert es auch daran, dass die typische Frau noch immer mit dem glorreichen Irrglauben antanzt: „Wenn er mich wirklich liebt, wird sich das irgendwann ändern." Nein, meine Lieben, nein und nochmal nein. Wird es nicht. Klar entwickeln sich beide weiter. Falls es schlecht läuft, dann auch beide auseinander, aber setzt nie voraus, dass sich eine Charaktereigenschaft, Gewohnheit oder ein Tic des Gegenübers von allein legen wird oder eben dann, wenn ihr nur hartnäckig genug am Ball bleibt. Das funktioniert nämlich nur für kurze Zeit, denn jeder, der sich mittelfristig oder gar langfristig für den anderen verbiegt, wird irgendwann ausbrechen. Er wird sich wieder nach der Decke strecken und sich zurückbesinnen, wer er war und schlussfolgern, dass es ihm nicht guttut, sich zu ändern. Ein „Wenn du mich wirklich liebst, respektierst, dann nimmst du mich so, wie ich bin" wird dann automatisch zurückgeschleudert. Da ich das selbst an mir erschreckend oft feststellen musste, glaube ich diesen Auswertungen der Wissenschaft aufs Wort.

Sofern ihr euch also mit diesen Dingen näher beschäftigt habt, kommt nun das erste Date im realen Leben zustande. Trefft euch auf neutralem, am besten auf öffentlichem Boden. Wenn wir uns ehrlich sind, wissen alle Parteien genau, was passiert, sobald man sich bei ihm oder sich trifft. Wir sind alle letztendlich nur Säugetiere mit niederen Bedürfnissen, so hart es auch klingen mag. Jeder geschickte Mann findet einen wunden Punkt, wo wir Ladys auch mal nachgeben und da verrutscht die Bluse rascher, als man es wieder angekleidet eigentlich vorgehabt hatte. Es ist schwer, diszipliniert und keusch zu bleiben, wenn man im Chat bereits weitläufig geflirtet hat und sich zu dem anderen hingezogen fühlt. Daher, sofern ihr keine reine Sexgeschichte auf dem Plan stehen habt, trefft euch woanders. Man kann bei Bedarf nachher noch immer einkehren, wenn keine der Parteien nach fünf Minuten die Flucht ergreifen will, die Anziehungskraft da ist und man sich einig ist, dass DAS nicht mehr warten kann. Für den Aufbau einer potenziellen langfristigen Partnerschaft ist es dennoch nicht immer förderlich. Ich erinnere euch nochmals: Frauen werden durch Sex gebunden, Männer durch Zeit. Und jede Lady, die ihr Kissen über Wochen bereits in Tränen getränkt hat und sich selbst in den Allerwertesten beißen könnte, weil sie zu voreilig war, wird mir in diesem Punkt beipflichten. Bleibt exklusiv, besonders, einzigartig und eher unnahbar, als euch mitten auf dem Buffet zu räkeln. Die Zeit wird kommen, wo ihr das gnadenlos ausspielen könnt und eure Reize ihn um den Verstand bringen werden, wenn er nur fest genug am Haken und plump gesagt der Richtige ist.

So, wenn alles gut läuft, die Harmonie so wie im Chat auch in der Realität bestehen bleibt, ihr euch strahlend anlächeln könnt und merkt, es funkt, dann – meine Lieben – schätze ich mal kann ich euch Schäfchen allein ziehen lassen. Ihr braucht keine Hilfe oder Tipps mehr von mir. Solltet ihr allerdings red flags erkennen oder es plötzlich Situationen geben, die euch absolut überfordern, dann können euch womöglich die nächsten Zeilen weiterhelfen.

Was tun, wenn ihr das Date überstürzt abbrechen wollt? Ich gebe euch mal ein Beispiel. Ihr wart gemeinsam Eis essen, spazieren und sitzt nun gemütlich auf einer Parkbank, während die Sonne langsam untergeht. Wie romantisch ... Natürlich wird der Mann eurer Begierde seine Chancen abchecken, näher heranrutschen, so beiläufig wie möglich einen Arm um euch legen, um euch heranzuziehen. Doch was tun, wenn man jetzt feststellt, dass der Nacken in einer feuchten Armkehle versinkt und man geruchstechnisch feststellen muss, dass entweder die Hygiene nicht so eine Priorität bei ihm innehat oder Mutter Natur den armen Kerl eindeutig keinen Joker mitgegeben hat? Egal, welche Situation sich gerade im Kopf abspielt, ich bin mir sicher, ihr habt eine ähnlich peinliche oder unangenehme Situation bereits erlebt, wo ihr einfach nicht wusstet, wie ihr damit umgehen sollt. Auch wir Ladys können vor Nervosität vor Schweiß triefen und wollen nur noch im Boden versinken. Nun von der Parkbank aufzuspringen und zu rufen: „Ich muss weg!" Hat schon so manchem in der Öffentlichkeit Stehenden eher geschadet als weitergebracht (Zitat: Mario Ohoven, deutscher Anlageberater und Finanzvermittler, der mitten in einer medialen Präsentation den Faden verloren hat und aus Panik mit diesem Satz verschwunden ist. Er wurde im Jahr 2000 in den Medien über Monate diffamiert).

Ein weiteres Beispiel: Ihr habt trotz aller Alarmglocken einen Mann mit nach Hause genommen, weil ihr ihn ohnehin für harmlos erachtet und ihr euch noch nicht so ganz entschieden habt, ob er euch nun reizt oder nicht. Wir spinnen den

Gedanken weiter. Ihr bestellt etwas vom Lieferservice, da du vor Hunger fast umkommst, und dein Gast begnügt sich lediglich mit einem Getränk. Erst nach dem Essen und dem eigentlich ganz amüsanten Gespräch musst du plötzlich auf sehr brutale Weise miterleben, wie dein Darm andere Pläne hat, da er mit der Speisenauswahl überhaupt nicht einverstanden ist. Während sich im Bauch immer mehr Gase sammeln, man die Beine bereits verkrampft übereinanderschlagt, um nicht allzu gequält zu wirken und ein schweißtreibendes, doofes Grinsen das Einzige ist, das ihr noch ohne Probleme bewerkstelligen könnt, ohne euch zu blamieren … Dann, meine Lieben, dann müsst ihr euch leider eingestehen, dass dieses Date nur noch zum Scheitern verurteilt ist.

In beiden genannten Beispielen gibt es kaum Möglichkeiten, da ohne peinliche Offenbarungen rauszukommen. Um nicht im Schweiß des ersten Stinkers zu ertrinken und der unvermeidlichen, lautstarken Darmentgasung im zweiten Fall noch mit erhobenem Haupt zu begegnen, könnt ihr nur eines tun: lügen. Lügt auf die charmanteste Art, die euch möglich ist. „Es tut mir wirklich leid, Peter, aber um ehrlich zu sein, passt es für mich einfach nicht. Irgendwie will der Funken nicht überspringen.“ Wie passend in beiden Fällen, nicht wahr ;D? Sollte es allerdings jemanden unter euch geben, der trotz der Darmverstimmung der Meinung ist, sich zumindest für künftige Dates nicht alles verbauen zu wollen, kann natürlich auch zugeben, dass man sich etwas unpässlich fühlt, es nichts mit ihm zu tun habe und ihr euch über ein weiteres Treffen an einem anderen Tag freuen würdet. Rechnet allerdings damit, dass er den plötzlichen Umschwung trotz aller Mühe als kläglichen Versuch, ein gekipptes Date noch höflich zu beenden, interpretieren wird.

Und die Moral von der Geschichte, neben dem Tipp, sich in hygienischer Hinsicht für das Date perfekt vorzubereiten, damit man selbst nicht zur Stinkmorchel wird? Seid auf die Möglichkeit gefasst, dass das Bild, das durch den Chat in eurem Kopf von einer Person entstanden ist, nicht zwangsläufig mit dem Bild im realen Leben korrelieren muss. Macht euch das immer vor dem Treffen bewusst, dass es sich hier erneut um einen ersten Eindruck, ein weiteres aufgeschlagenes Kapitel handelt, in dem man beobachtet, prüft und den anderen besser kennenlernt.

Ach ja, inspiriert durch meine engagierten Testleserinnen bzw. Testleser. Das ist für euch: Ihr wolltet wissen, ob letztendlich all meine Mühe, die Ärgernisse und die neu angewandten Methoden aufgrund der erschreckenden Erfahrungen zu Mr. Right geführt haben. Tja, meine Lieben, final kann ich behaupten, Onlinedating wird auch künftig eine große wenn nicht sogar größer werdende Rolle bei der Partnersuche darstellen. Es ist eine moderne und simplifizierte Art und Weise, auf ein besonders vielseitiges Repertoire an Partnern zuzugreifen. Sogar ich habe in einzelnen Fällen wirklich unfassbar schöne Momente mitnehmen können und das eine oder andere Mannsbild kennengelernt, das ich niemals vergessen werde. Also auch im positiven Sinne ;). Während ich diese Zeilen formuliere, schleicht sich gerade ein besonderer Mann in mein Herz. Ob es ihm letztendlich gelingt, mich in Liebe zu tränken und mit mir happily ever after in den Sonnenuntergang zu reiten, wird sich gewiss herausstellen. Und ja, ich habe ihn über eine Dating-App gefunden, was für euch Ladys da draußen bedeutet, wenn so ein schräger Vogel wie ich an den richtigen Mann gerät, schafft ihr das mit links ;).

ÜBER DIE AUTORIN

Die leidgeprüfte Frau ist im wahren Leben im öffentlichen Dienst tätig und verfasst seit acht Jahren unter zwei Pseudonymen SciFi/Fantasyromane und Erotik/Loveromane. Durch ihre haarsträubenden Erlebnisse im Onlinedating sah sie es als Pflicht, ihre Erfahrungen mit anderen in der Datingwelt Not leidenden Frauen zu teilen, um den Wahnsinn mit etwas Humor zu umschmeicheln und hoffentlich auch ein paar wertvolle oder wertbefreite Tipps in die Welt zu tragen.